宫开理／著

帝乡辞赋集锦

中都赋集

经济日报出版社

图书在版编目（CIP）数据

帝乡辞赋集锦 / 宫开理著. -- 北京：经济日报出版社，2022.8

ISBN 978-7-5196-1147-7

Ⅰ.①帝… Ⅱ.①宫… Ⅲ.①赋-作品集-中国-当代 Ⅳ.①I227.9

中国版本图书馆 CIP 数据核字（2022）第 128642 号

帝乡辞赋集锦

作　　者	宫开理
责任编辑	王　含
责任校对	蒋　佳
出版发行	经济日报出版社
地　　址	北京市西城区白纸坊东街 2 号（邮政编码：100054）
电　　话	010-63567684（总编室）
	010-63584556　63567691（财经编辑部）
	010-63567687（企业与企业家史编辑部）
	010-63567683（经济与管理学术编辑部）
	010-63538621　63567692（发行部）
网　　址	www.edpbook.com.cn
E - mail	edpbook@126.com
经　　销	全国新华书店
印　　刷	成都兴怡包装装潢有限公司
开　　本	710mm×1000mm　1/16
印　　张	11
字　　数	170 千字
版　　次	2022 年 8 月第 1 版
印　　次	2022 年 8 月第 1 次印刷
书　　号	ISBN 978-7-5196-1147-7
定　　价	78.00 元

自 序

我的创作简历与代表作

宫开理

　　虽然我在各家出版社出版了 10 多本书，但辞赋集还是第一本。根据习惯的做法都要找个极有名望的大家作个序，方可心安理得地顺利出书，可这事遭到莫逆文友桑榆先生的极力反对。他不客气地说："每出版一本书便找大家作序，大家是谁？这种做法极不可取，是对自己不自信的集中体现，讲重点是奴颜婢膝。"所以这本书我不打算请人作序，仅叙一叙自己的创作经历，且当这本辞赋集的自序吧。

　　我于 1980 年 9 月 9 日在《安徽日报》副刊上发表处女作《三只鸡》后，引起了文学界的青睐。不久滁州市原文联主席 郭瑞年 发来甲级电报，特邀我到省首届小说创作培训班学习。我高兴得一夜没合眼，天一亮便奔赴小说创作培训班参加了首次培训，这就初步奠定了我一生走文学创作道路的基础。

　　我自幼痴迷神圣的文学殿堂，做梦都想踏上文学之路。走到工作岗位以后，由于家父身患重病，我又是长子，为了给父亲治病，我离开工作岗位，回家帮助母亲担负起养家糊口养育弟弟妹妹的重任。父亲过世后，为治家，我毅然决然地转回老家务农。其中又耽误了 10 年。1991 年因水灾而搬往县城，重新经考试考核我又走上了新的工作岗位。

由于工作需要，单位送我到中国政法大学就读。星期天与友到北影校园散步，我看到了小说培训班的同学陈源斌的名字和张艺谋排在一起，醒目地出现在一块偌大的丰碑上。他是《秋菊打官司》的编剧，张艺谋是导演。当时我的眼看直了，同是一个班的同学，陈源斌竟然有这么大的成就，我却一部作品也没问世，深感惭愧和内疚啊！遥想当年，省小说创作班结业的时候，《青春》编辑部来选稿，上千篇的稿件，11 篇被选用的作品中就有陈源斌的《芭根草》和我的《天河边》，可人家现在是全国著名的作家了，而我……

　　我回到宿舍，一夜未合眼，满腹都是自责，不该找借口放下笔。

　　陈源斌的业绩，激励我再立宏愿——一定要写 10 本书，报答我的启蒙恩师郭瑞年，因此重新操笔，再走文学之路。

　　我离开大学回到工作岗位后，就拼命地在工作闲暇之余坚持创作，不放过点滴空闲时间，在冗长的干部会议上，我基本上是在半开会半写稿。

　　苦心人天不负，有志者事竟成。2004 年 3 月，在朋友李国彬及老师 王文忠 的帮助下，时代文艺出版社出版了我的大型故事集《清官官兆麟的故事》。而后配合本职工作，我相继出版了《中都戏剧小品》和《千古传奇·说凤阳》（上下册），2013 年 6 月 13 日，在安徽省文联四楼会议室为《千古传奇·说凤阳》召开了作品研讨会。后又因组织安排我写沈浩廉政故事，我又在安徽人民出版社出版了《清风明月》，此书出版时虽未定作者，但在《滁州日报》上全文刊载时将作者官开理登出。后来，我又出版了《齐天大圣上访》《帝乡民俗风情》等书籍。

　　特别是 2021 年自认为是创作丰收之年，团结出版社出版了《凤阳古树传奇》（上下册），安徽文艺出版社出版了长篇小说《天河湖畔草青青》。虽然《千古传奇·说凤阳》（上下册）在网络传媒中和数十家报纸刊物上广为刊登或转载，但我个人认为，它的文学价值远远不及《天河湖畔草青青》。我创作半生，报纸刊物登载文章数百篇，还出版了 10 多部著作，可最爱的是我这部不为人知的长篇小说。我不愿说它有多高的文学造诣和美学价值，也不说它置身各大书店的购买量，就用我创作这部著作的点滴历程，完全能说明它就是我大半生创作成果中的代表作。

　　这部长篇小说从构思到动笔，直至出版，我前后用了 3 年的时间，经千锤百炼它才走出娘胎，奔赴省级以上的各大书店和读者手中。

这部长篇小说以天河湖畔的一户农家三代人延续发展的家庭历史为背景，塑造了三代人的生活轨迹和奋发向上持家创业的点点滴滴，浓缩上百年中国农村发展的历程和爱恨情仇的生活侧面，反映了人间的冷暖和艰辛、社会的变革与进步，展示了一幅中国农民生生不息、抗争向上的彩色画卷。

这部小说中的人物形象和性格特征极端分明，人物的语言与对话符合小说中每个人的身份，是一部充满正能量的励志向上的长篇小说，艺术含金量极高，我很不谦虚地说：敢和路遥的《人生》相媲美。如果大家们说我吹牛皮，不妨你抽点茶余饭后的时间翻翻这本书。说得再好，百闻不如一见。

有人问："既然如此牛×，为何没引起读者的共鸣？"我的理解是大概这与我的社会地位及名气有关吧。我相信它终有出头之日，请有心的读者们期待着。其次，就说刚出版的大型散文集《凤阳古树传奇》续集这本书吧，它代表我半生在散文创作中的一个里程碑。这52篇散文是我从数百篇在报纸刊物上登载的散文中精选出来的，我不知道它在散文界能有多大影响，但它在我半生撰写的文学作品中也算是一部经典之作了。写到这里，我又觉得这部《帝乡辞赋集锦》对我来说是文学创作的高峰了，也是一本特别钟爱的集子。不请大家作序心里还是不踏实，因为序者是点其精华、赠之良言、纠其错处，起着画龙点睛的作用。因此，我还是找辞赋大家孙五郎给此书认真地写了一个让我很满意的序言。可因故没放上去。

我认为，《齐天大圣上访》这部杂文集也是我半生创作的精华书目，可生不逢时啊。从目前看，能代表我半生创作成果的可人作品，还是首选我的长篇小说《天河湖畔草青青》，其次就是散文集《凤阳古树传奇》（上下册）了。

辞赋创作虽然是我目前创作的亮点，但还是稚嫩。这本集子是在上百篇的赋文中选出的相对满意的文稿，在写凤阳的各篇赋文中，历史事件和朱元璋的故事中有重复的地方，稿子因是独立成篇的文章，在创作时间上各有前后，但在文理上丢掉点滴的情节，故有重复的语句。能否使读者满意，就只有苦苦地期待着读者的回音了。

壬寅仲春草于中都鼓楼

前　言

　　阳春三月，杂草破疆。柳絮飘逸，百花齐放。帝乡赋集，拣摘精良，十月孕育，细选篇幅，积稿成章。现摘满意赋作，出版正式启航。对我个人来说，确是一件幸事。但作为一个不知名的辞赋作家，确实心里较为恐慌。因辞赋创作难度大，阅读风气逐渐不良。网络盛，数字狂，信息满天，纸质渐凉。老少观手机，谁翻纸质章。担心作品看人寡，成品真入地宫藏。

　　亦夫，百篇辞赋选精良，草率整理集成章；出版不为己扬名，实为后人留余香。辞赋发源于春秋，兴盛于汉唐。分蘖显诗词，散文出新样。辞赋格式严谨，恢宏于凝练。句式骈对，文白相间，长短错落，平仄不乱。气势磅礴，音美韵连。韵随情转，韵随意转，韵随事转，韵随文转。警句高为辞赋胆，莫忘佳句非等闲。当代辞赋，实乃古体散文。强调语言优美，语句精练，立意新颖，歌颂春颜。既有十足的文学气息，古赋的要素需俱全。不恋八股文，开辟新辞源。

　　一篇描景写实的好赋，就是一幅清新诱人的山水画。视之便将你带入意境之中，不仅让人心旷神怡拍案叫好，而且给予崇高的享受和美感。《岳阳楼记》给后人带来永恒的记忆，和无限的遐想空间。《醉翁亭记》扬了滁州山水，欧阳醉了千年。文章字字皆珠，世世代代相传。

众方家云：乱世杂文盛世赋，文章莫忘事政坛。杂文抨击时弊，文赋歌颂昌天。当下国逢盛世，百姓安享丰年。当代进步作家，爱国充满心田。应该举笔顺时，讴歌秀丽山川。赞美好家乡，扬乡村巨变。歌幸福生活，颂建党百年。扎根泥土撰美文，勿忘人民大似天。

这本《帝乡辞赋集锦》就是以凤阳中都为中心，重描家园情怀，挖掘历史变迁。不仅描写家乡的山川河流、人文景观，并辐射全国名山秀水、风物自然。国之壮丽，党之威严。如《凤阳赋》以高度集中的手法，赋凤阳前后上千年，历史发展之兴衰，亘古人文之景观，昨天霸业之辉煌，今天改革之巨变。构设未来之蓝图；唱响美好之明天。一篇《凤阳赋》，宛如一部凤阳的历史纲鉴，点缀上下五千年，名人逸事，历史事件，神话传说，国之骤变。50多篇精选赋文，基本都是脍炙名篇。写景描实栩栩如生，措辞凝句特别精练。如《雁荡山新赋》自2019年春天脱稿，夏天这赋就美在雁荡山石壁间。《赋悼陈怀仁先生》一文，流露的都是亦诚悲怀，真情实感。此赋参加上海市"傅雷杯"一封家书征文大赛，获得大奖于昨天。

若夫《帝乡辞赋集锦》，辞辑中景点览胜，赋撰帝乡锦绣山川，赋宣古都历史辉煌，赋扬凤阳壮丽的今天。字字皆珠不打诳，一赋一画文隙间。每赋勾画出清晰的图案，每赋都涵盖着美好的明天。为中国共产党十二大的胜利召开，献上一份厚重的精神大餐。

目 录 Contents

第二辑　赋　名山　名城

第三辑　赋　人　评书

帝乡辞赋集锦

F

第一辑

赋 凤阳

凤阳赋

大风飚兮云飞扬，凤绕岗兮龙呈祥，日月行兮淮滔涌，星汉灿兮映濠梁。凤凰专落有宝之地，天子登基面南而阳。

恒哉凤阳：江淮分水之梁①，居皖东之北麓，俯淮北平原而望。西接八公之峰，东与嘉山接壤，南面群山逶迤，北有淮水莽莽。风声鹤唳成就一代伟业，裙下救主堪称传奇娘娘②。三峰山脉，仙洞出神入化；流珠篚玉③，脉南北而通四方。

古哉凤阳：地老天荒，初为钟离子国，弱惧兵匪豪强。立国于濠水之畔，都建于月明湖④上。屡遭战火洗劫，左右旋武其常。东捷此属吴地，西侵再为楚疆。仙姑于此升天过海，庄惠观鱼⑤辩于濠梁。马鞍山麓钟徽⑥真情盼友，子期茔旁伯牙摔琴⑦答谢知良。神母起云于栗山⑧，彭祖食韭而寿长⑨。彪春秋而起龙凤，驰日月而炳汉唐。霸王走垓下越淮筑城御敌⑩，薛公⑪不纳走阴灵而穷奔乌江。任孝恭著奇书十卷，薛媛《写真寄夫》而千古传朗。崔白⑫开一代画风，杨荣卿曲文世代吟唱。

呜呼凤阳，祸起萧墙。元鞑暴虐，遍起仓皇。民不聊生，吏似虎狼。义军揭竿而起，烽烟遍于濠梁。时至天历元年，一声雷鸣电光。星汉玄映朱公，淮洪涛声厉响。混沌以壮其宏，日出于濠梁东乡⑬。朱公首为牛倌领袖，为生计而落入僧房。故友介以行伍，子兴携而婆马娘。黄花寨夜袭奇兵初得神武之本，攻滁州克金陵首创开疆之邦。擒士诚而后得吴地，战友谅而威震四方，锁定乾坤而盘踞中山。告天地，祭先祖，号称吴王；荡元鞑，驱残流，威震塞北；抚西南，安滇黔，德布南洋；涤倭寇，平台海，浙闽俯首。称洪武，鼎建业，大明盛昌。

朱公依恋旧土执意建都于桑梓，造皇城筑宫墙大兴土木于故乡。征五色土而于五省，建官窑烧制琉璃瓦当。启建龙兴于九华，坐禅普佛于四方。斯鼓楼以报届时，万世根本旋印高墙。圆丘建于龙盘，方丘耸于湖旁。独山顶设天台，神兵演武于教场。朱公挥手于鸾顶，赐濠梁为凤阳。举目放远万里，领四海而统三江。

惜哉凤阳：大明初立，国力不张。伯温献计于太祖，正南狼山虎视皇梁。恰齐轴于紫禁，高居于南天而遥望。此形属龙虎争斗之兆，需移宫一箭而挫其锋芒。太祖依其策开弓射箭，鹰叼箭⑭而直奔长江。落金陵，登中山，太祖望而兴叹，令罢建皇城徙于建康。凤阳遂为中都而建府衙，辖九州而事八方。建制度，正纲常，精修政务，颁法典，开国学，士农工商。凤画象征州县，花鼓行于四方。

五百余载瞬间即逝，捻子举旗于淮上。乐行先克濠城而兵威大振，张龙被擒而绞于濠墙。袁甲三除捻反戈，张乐行就义于家乡；扬穗九统兵北伐，灭清军于淮河两旁。

忧哉凤阳：民国立而三民张，军阀一举荡平，安徽直辖于凤阳。然好景不长，日寇嚣张，先侵卢沟桥堡，后窜中都凤阳。机枪架于鼓楼，恶爪伸于四方，诛杀山马老幼，血如山洪而奔出炕房。中华群起，抗击东洋，驱寇打鬼十四载，日寇终缴械投降。

惜哉国共分裂，内战又起萧墙。血腥三大战役，中共胜利渡江，推翻三座大山，凤阳再显瑞祥

兴哉凤阳：全国解放，群情激奋，讴歌家邦。陈学孟⑮首推合作化，领袖御批全国点唱。城西乡党支部农村工作之标兵，北京电文颂传嘉奖。钱其琛于黄湾写下光辉一页，王剑英著城考⑯宏篇千古传扬。双条鼓打遍五湖四海，拉魂腔唱到北京怀仁堂。

喜哉凤阳：民情奔放，三中全会捷报频传，确定农村改革方向。小岗人敢为天下先，聚草舍，发毒誓，夜定宏纲。十八颗鲜红手印，掀起农村改革巨浪。沈

浩担负起推潮之使命，任村官，下基层，扎根小岗。订方案，建章制，正本清源；求发展，勇开拓，中外招商。领袖亲临凤阳视察，世界小岗谁不向往。

伟哉凤阳：雄风超长，高速公路纵横交错，千里淮河第一港雄踞濠梁。卧牛湖秀水碧波粼粼，中外游客争走迷谷狼巷。当年伯牙停泊之处⑰，新农村高楼千座万幢。大王府农博园百花争姿斗艳，游乐园观风景千树喷发芳香。华环烤烟传播于四海，龙兴御酒香飘于八方。

今日凤阳，气顺人昌。新城崛起，百业兴邦。政通人和，彰显六乡⑱。凤画列为国家非遗，花鼓融入世界艺行。

打造一流之新市，开拓旅游之辉煌。引淮绕城而东流，钟鼓对应而遥望。环路绕城三匝，高速六出凤阳。皇城断垣而复新，武门南北而敞亮。六百年沉睡紫禁，今朝再显金光。

百姓耕作享多种待惠，植树栽橥国补农民钱粮，造一流之学府于西苑，教学子催发世纪之栋梁。

壮哉凤阳。树尧舜之新风，立洪武之法章。显初唐之盛世，行汉武之巨航，养清廉之官吏，纯孺牛之政党。倾心利谋于百姓，彰天下大爱无疆。

美哉凤阳。滔滔淮河穿钟离而东奔瀚海，巍巍群山抱中都而朝天吟唱。四湖秀水⑲点缀凤阳美丽之容貌，八景名胜⑳记载濠梁历史之风光。

江河做墨，写不完凤阳况世之精华；长空做纸，书不尽凤阳美丽之华章。

凤阳！凤阳！大展宏图，成就千秋伟业。

凤阳！凤阳！地久天长，盛名万古流芳。

甲午年初春应邀参加全椒走太平活动，夜草于儒林宾馆

注释

①江淮分水之梁：江淮分水岭。

②传奇娘娘：当年朱元璋在淮河岸上战元军，败时被元军追赶，在严家楼小

姐严玉香为救其性命把朱元璋藏在自己石榴裙下，朱元璋允诺：日后登基拜严小姐为皇后，终未兑现诺言，严小姐忧郁而死。朱元璋以娘娘待遇而葬之。今墓还在。

③流珠筐玉：蚌埠柳珠乃凤阳古八景之一。

④月明湖：原濠梁城（钟离国国都）后地壳运动变化为湖，名"月明湖"。

⑤庄惠观鱼：庄子和惠子在濠梁观鱼而辨。现遗迹尚存。

⑥钟徽：即钟子期会友在凤阳北麓的马鞍山上。

⑦伯牙摔琴：谢知音的遗迹还依稀可见，钟子期墓尚存。

⑧栗山：是栗山神母修仙得道的地方。在凤阳西南30里之遥。

⑨彭祖食韭而寿长：传说彭祖在凤阳韭山一代，以韭为食，寿八百，长寿星。

⑩筑城御敌：霸王在淮河南岸筑城与汉兵打仗，后人命名此城为霸王城，遗迹尚存。

⑪薛公：当时钟离国，濠梁守将。

⑫崔白：古代著名画家凤阳人。

⑬东乡：朱元璋诞生地，现为凤阳燃灯北5里潘遥。起建一座庙三进殿堂，中间是朱元璋塑像。

⑭鹰叼箭：刘伯温建议移一箭之一地，朱元璋派人射箭，箭在殷涧上方被鹰叼进南京，故后定都南京。

⑮陈学孟：合作化带头人，凤阳武店人。

⑯王剑英著城考：即《凤阳中都城考略》。

⑰伯牙停泊之处：钟子期墓在凤阳马鞍山北麓。当年俞伯牙摔琴谢知音的故事就发生在凤阳，大船就停在凤凰山与马鞍山中间山崖水湖泊中。

⑱彰显六乡：即帝王之乡、改革之乡、花鼓之乡、曲艺之乡、石英之乡、散文之乡。

⑲四湖秀水：即高塘湖、卧牛湖、花园湖、天河湖。

⑳八景名胜：即古濠梁八景，称凤阳古八景。

小岗赋

　　小岗之地，神奇之妙；高阜四环，地灵垠瑶；西揽皇城之伟，东挽嘉山之岳；南盼韭山之雄，北顾淮水之浩。京浦横穿其腹，溪水侧面而过。明天赫赫，日月辉山河之光；宏图鹄举，乾坤显吉祥之兆。

　　犹记当初，吾尚年少，大地冰融，冷雨飘摇。鸟思食，牛思草，国之贫穷落后，百姓常思温饱。前日小岗旧貌，令人叹息首摇。十八户农民无一片挡雨之瓦，几十间草房均为破漏之屋。分救济争钱粮，吵得面红耳赤，世人称之为"三靠"。上街绕行四十余里土路，门前挨边布满泥泞之窝。

　　然春雷一声霹雳，东方立马破晓。中共十一届三中全会，吹响农村改革号角。风雨铺天盖地，潮龙昂首呼啸。小岗铁汉冒杀头之危，摁下十八棵历史风标。穷则思变，划地承包。大包干圆丰衣足食之梦，责任制谱富民强国之谣。凤阳举旗敢为农民寻康庄之路，小岗扬帆勇开致富之先河。

　　高层首肯凤阳之举，宏旨称赞小岗之招。锦章初勒小岗之形，鸿篇确认改革之标。誉小岗为大包干之典范，隆重向世界庄严宣告。于是乎，群贤毕至，影视聚焦，书如泉涌，诗海如潮。领袖数次亲临小岗视察。学小岗，推包干，全国掀起高潮。

　　昨日小岗，锦上添苞。省城下派小岗村官，轻车从简自来报到。一副瘦弱之躯，志坚心比天高。舍弃安逸之温床，甘愿为小岗操劳。

　　纯思想，净班底，强化堡垒。建章制，宏图举，措施开阔。整村容，变村貌，亲领百姓奋斗。改旧路，修高架，敢让列车停靠①。调结构，转产业，置换农民土地。求发展，招巨商，引凤前来筑巢。关民情，顺民意，挨家走访问策。敬老人，看孤寡，暖风无处不到。讲原则，严法纪，是非极端分明。为集体，战私欲，铁面不让分毫。做村官，为小岗，鞠躬尽瘁。当支书，为百姓，堪称公仆。痛哉沈浩！不惑之年累倒在农村一线；惜哉沈浩！永远守护小岗含笑而卧。

四十年光阴，匆匆而过；红尘万丈，征途遥遥。今日凤阳小岗，村容乾坤再造，告别泥泞之地，设新城之配套。友谊街边商贾云集，徽派建筑檐牙交错。柏油马路村中纵横，游览客车无处不到。沈浩大道南北通衢，高架桥下列车呼啸。合作社纳百家大腕，引资企业纷纷落巢，千顷金梨笑迎冰霜，万亩果园最优葡萄。面粉走进千家万户，杂粮打入国际商贸。干部学院亭亭玉立，培育全国村官新苗，弘浩书院②古朴典雅，排放人类进步之奥。西小楼陈沈浩《清风明月》③故事，大包干纪念馆藏历史之丰镐。

意夫小岗精神普及五湖四海，农业发展又出空前新招，万隆论坛在小岗召开，四十五国代表聚村研讨。红色旅游胜地，景观分外妖娆。

四十载日月，旌旗猎猎，战马萧萧，奇功卓越，伟业赫赫。历史将永远铭记改革先驱，人民会世代缅怀村官沈浩。小岗翻天巨变是设计者之高明，深化农村改革是施工者之精妙。科技成果转化是开拓者之创举，"中国十大名村"美誉是奋斗者之骄傲。小岗绿水青山是内涵神奇之地，小岗初心永固牢记领袖之教导。圆百年深化改革之巨梦，让凯歌响彻世界之云霄！

小岗的明天，将更加美丽；小岗的未来，将更加骄傲。

丁酉年初夏，全国大家看凤阳活动中，草于小岗村，精整于中都鼓楼

注释

①列车停靠：在修沈浩大道时公路中间的京浦铁路无法架桥，沈浩找到铁道部特批让京浦线火车暂停四十五分钟，让小岗上高架桥梁，这是有史以来中国的

一桩临时之特例。

②弘浩书院：在小岗创业大学生办的书院。

③《清风明月》：这是省纪检委指令滁州市纪委创作的沈浩勤政廉洁的一本书。此书由官开理撰写，安徽人民出版社出版。

总铺桃花赋

阳春三月，万里飘香，慕总铺桃花节，羡桃花盛开地方。只为己欲，无邀而往。奔京山，踏马庙，汗流浃背；人如潮，车如蚁，心情激荡。沐春风，浴阳气，立队挺进。歌悦耳，场面阔，彩旗飘扬。满眼桃林花海，花间蜂蝶呈狂。为饱眼福，履步现场，触景生情，语漫胸腔，不畏先贤见笑，不虑今人嘲凉。一时兴起，提笔慢舞，为桃书章。窥一斑，撰总铺桃花文赋；选角度，书神奇美丽凤阳。且印鸿爪，留作念想。

总铺之芳，远出柴王。头铺、二铺、黄泥铺，铺铺连营环扣；步兵、马兵、通信兵，统拜总铺大帐。攻滁州，克清流，生擒大将皇甫晖①；领精兵，越天堑，彻底打败南唐。总铺之名从此而生，历代延用久传名芳。

清明与桃花同至，盛世携总铺同行。总铺人杰地灵，要塞通衢八方。北挽京师之地，南达金陵长江。东揽嘉山之岳，西抱浩浩鹿塘。亘古兵家必争之地，寸土黄金万两。小寺山曾住满高教俊杰②，百名卧龙曾藏于大石岗。往日古老村落，当下十里桃疆。三千垄情人，都为桃花往。林果小镇万亩果园，先花后果美丽芳香。

改旧貌，换新装，高楼蜂拥而起。政绩显，人心畅，百业蒸蒸日上。古镇繁花似锦，焕发崭新容妆。

唏！桃李报春，古来今往。渊明留下《桃花源记》，退隐桃源让后人效仿，伴桃花，抒其怀，美妙意境散于世外；静思考，立后学，告世人忘却宦海争狂；看桃花，酌美酒，醒眼笑看世界；隐其贤，休其志，终留锦绣文章。

汉光武进南山，桃花塞满双眼。三峰腰，建寺庙③，桃花寺名传扬。

三弟兄桃园拜，摞土插香为炉。闯四海，争天下，刘备终为蜀王。

杨万里诗桃花，桃花艳于人面。唐伯虎，赋桃花，半醉半醒最香。

周建章忘桃花，三年不思归来。王娇恋，看桃花，痴心盼望情郎。

林黛玉葬桃花，悲切凄苦难耐。落花存情恋，流水无心藏。落花有意挽流水，流水无情不返航。花瓣随波追到海，永远无心再回乡。

今日桃花，摘节共赏，渲染气势，造福一方。

噫唏，看吾总铺，气魄轩昂。大笔写字，志吞长江。造人文之景，创文明之乡。十里桃枝夭夭，花蕊喷发芳香。万人赶节匆匆，争览桃花怒放。男女老幼今宵共度，齐聚桃花盛开地方。桃林中，小路上，原野边，池塘旁。到处长枪短炮，散于四面八方。影于桃林深处，尽摄桃花与姑娘。随行记者蜂拥而至，笑容可掬到处采访。写实景文如流水，构美图大块文章。大舞台，浴朝阳。舞女彩带飘逸，歌声婉转悠扬。巨幅标语空中耸，鸟悬银幕凤朝阳。花鼓声声唱盛世，小锣嗒嗒赞凤阳。桃花节引万人至，总铺春天尽辉煌。

喜哉！桃枝俊俏，万花怒放。男看桃花心情顺，女看桃花春心漾；幼看桃花蕾不全，老看桃花思旧妆；后生看花盼姣娥，少女看花想情郎；晨看桃花花带露，晚看桃花花不黄。闲时看花花鲜艳，盛世看花花更香。林间百鸟共莺，花间蝶舞蜂狂。总铺首次桃花节，拓开万民热心房。愿天下以民乐而乐，盼人间顺民意而往。总铺桃花节，永载桃花香！

2019年清明草于桃花节上

注释

①皇甫晖：南唐大将，被赵匡胤活捉，后不愿投降，自郁而死。

②高教俊杰：当年大石岗住着100多名高教部下放的教授，都是国家级的栋梁之材。

③三峰腰，建寺庙：此古庙为汉光武刘秀躲追兵到此看桃花而建，名"桃花寺"。就是现在的禅窟寺。

淮河玻璃赋

"泱泱乎浩也，迢迢乎瀚也。"东渎淮河，源于桐柏，天降甘露，地涌三泉。积千溪于一体，聚万水于一航。绕千山而穿百城，跨中原而入长江。惊涛拍岸，浩浩荡荡，实为华夏文明之河也。

大千世界，同名之广。然，淮河有二，各表一方。今赋之"河"非穿四省之淮河，乃百强企业淮河玻璃也。玻璃者，母系三岩，父为石英之床，体态之洁，晶莹透亮，锋似匕首，硬如纯钢。岩石入熔炉，炼制成玻浆，软似水，出炉光芒四射，进模任尔摆布，冷却方成器具，品种各式各样，为引客户眼球，加艺纵奔四方。品质贵不可言，万家装点厅堂。

噫夫！门台之地，通衢八方，千厂竞秀，工业辉煌。时以秒计，货以兆量。淮河玻璃，居于中央。此厂不显，规模雄壮。南有群山笼罩，北有淮波浩荡，西为独山张公，东有古国濠梁。丝弦之声似伯牙弹奏之曲，马达轰隆盖子期砍柴声响。琉璃岗砖瓦玲珑，方丘祭天叩玉皇。清香芳飘华环复烤之味，异彩夺目乃龙湖流珠之光。

看！淮河玻璃，格外敞亮。入门便是花园流水，垂柳轻甩倒映清清河塘，道旁小树点头致敬顾客，迎宾沏茶味道格外醇香。贵树整齐排列，花草满目琳琅。革新会场内外花团锦簇，座席荷旁长满蔬菜瓜秧。办公室内端坐后生老总，神采奕奕全身充满阳光。面温体健而敦厚，出语不凡而铿锵。决策果敢而超前，潮头勇立而破浪。

瞧！厂房井井有条，库中货满堆仓。购物车辆川流不息，工人自发拼搏奔忙。大熔炉，玻水滔滔穿模而过；流水线，输产品自奔进货仓。

噫嘻！淮河玻璃，历史不长，创者前力，毅力超强。出科从政为官，而后下海从商。白云之米堪为星星之火，举步维艰搏立于茫茫商场。前力创举引来淮河之水，诚实守信动感地老天苍。父子同心齐创淮河玻璃，优质产品招致顾客八方。

新颖器皿步入千家万户，外汇货物打进欧亚市场，商海沉浮淮玻直冲世界，亚太滴穴全靠产品质量。

嘻！淮河发展之秘诀，重在管理有方。诚实为淮河立脚之本，守信乃淮河创业之方。打造一流之服务，开拓未来之洪荒。传统文化武装职工，新潮知识普及全厂。企业发展当重创新理念，产品攻坚必须科技领航。政治当统领全局，制度乃企业保障。信息为淮河争先之生命，仁德是淮河盛之纲常。

做品牌如做人光明磊落，成大业，立大道，万事敢于担当。

潮头举旗肩负非凡责任，敢开拓，勇进取，成就不世勋章。

今日淮河，气顺人昌。上下一心，忘吾弃忙。客至如归故里，客去送出厅堂。全厂欣欣向荣，市场购销两旺。

淮河玻璃，前途无量。创一流之业绩，拓商贾之洪疆，展千秋之大业，开历史之辉煌。

庚申中秋草于全国大家走淮河，看凤阳活动中

神龟① 赋

　　亘哉宫集，非常骄傲。始祖荣居南京，原为句容富豪。明太祖颁下迁徙令，举家应明皇号召。离句容而奔中都，出濠梁而达天河。祖奏：徙落之地距中都皇城太远；帝称：神龟之背当载宫氏之裔苗。遂赐号为"思永堂"，伴神龟永驻天河。始祖回京公干未返，祖母携子怀远守巢。忆惜六百余载沧桑巨变，宫氏后裔遍及长江淮河。

　　神哉宫集，地势奇奥。此处原属怀远管辖，后为凤阳边陲后梢。鸡鸣闻三县，红气穿庄过。高山似官印②，古堆是寺庙。天降神龟于宝地，承载人间之万物。背朝天，伸四脚，南天神弓射其盖，北湖流珠奇光照。昂首观群山逶迤，抬眼望滔滔天河。踩四桥飘逸于天际，旋五水而总归康桥。水涨奇龟升，洪猛神龟高，虽卧槽凹之处，大水无法淹没。

　　奇哉宫集，多显祥兆。圣庙充仙天之气，神龟驮人杰之豪。古堆庙原为莲花庵，因尼姑救驾而改庙。朱元璋称帝不忘旧情，亲题庙名赐送于天河。从此长跪善男信女，腾聚旺盛之香火。忆惜太祖西行跳于莲花池内，驱热洗过露天之澡。满池荷花簇拥圣躯，轻摇身段与之献娇。庙堂里曾做过私塾，育出不少盖世英豪。天鼓长在庙空鸣乐奏起，实对幼读兆麟③定时拜朝。古庙门贴过绝世上联，数百载未见下联对出。古堆庙末代主持常乐公，大江南北吹绝世之萧。燕子莹安卧宫氏之祖母，宫宽葬怀远荆山之朝。背靠乳泉，脚蹬淮河。昼拜世祖，艄公行船千作业；夜观淮河，水上漂万盏渔火。余家洼遍地秦砖碎瓦，排岗坟汉墓不知其数。宫士蒙打响场，龙驹升天而去；西北岗迁民坟，飞走一对仙鸽。

伟哉宫集，主聚天河，人杰地灵，物华天宝。通议大夫宫建章，吏部稽熏政绩卓。宦海拼搏三十载，廉贯古今，望重德高。二品清官宫兆麟，神断疑案威名噪。三审侯七郎不畏权贵，断白鳖常人难以意料。池塘中冤魂作祟，冰天水中出青稻。兆麟智断寒道青④，乾隆帝挑指称妙。宫焕宫朗两进士，专为皇家育新苗。三品大员宫农山，升迁起步在临濠。军功卓著擢知府，圣喜品级节节高。出版著作十三部，书法造诣盖清朝。看破红尘崇吕祖，禅窟寺里做长老。国民党将领宫鹤亭⑤，刺杀天皇特使威名高。惊天大案公策划，毙日本男爵高月宝。坐镇河溜抗日寇，百部电台掌得牢。天津出任市长职，抗日除奸逞英豪。军警督察任处长，少将军衔肩上挑。

乡贤宫少纲，人称为豪老，专救穷人进烟厂，制造纸烟水上漂⑥。三县案首字汉卿，原名呼为宫士潮。晚清著名两秀才，重修族谱继烟火。地方草莽宫少殿，杀倭除寇逞英豪。活埋鬼子南大荒，放水掩尸智谋高。四大家族⑦名震江淮，宫氏为首誉贯数朝。三十二翻锣鼓大江南北谁敢打？独有宫氏族人每逢佳节年年敲。宫集锣鼓传盛世，彰帝师族人之荣耀。双龙腾舞江淮流域，招德国艺人特来观摩⑧。

快哉宫集，喜上眉梢。神龟崛起之地，改革春风吹到。打破旧规陋习，千家解决温饱。老头岗⑨楼房林立，街市商贾如潮。省道横穿其腹，高速出入于同桥。看天河风帆点点，观蚌埠疆域辽阔。九天生态为宫集旅游之景区，南湖荒滩变成宫集群企之摇。文化广场，将在龙坑沿动工剪彩；古老街道，重新拓宽延至古堆庙。男工女秀都以健康为念，跳舞唱歌老少皆不客套。露天舞，广场舞，男女齐上；打锣鼓，跳连相，一呼就到。国泰民安唱盛世，丰衣足食思娱乐。神龟卧万载风水之宝地，宫集将再开历史之先河。

明天的神龟将腾云驾雾，未来的宫集会更加美好！

2020 年 2 月 18 日晨草于中都鼓楼

注释

①神龟：宫集地形似龟，并且水涨地涨，永远淹没不掉龟盖。故人称之为"神龟"。

②高山似官印：即在宫集西南拐有个四方四正的土山，远远望去就是一方大印。故人们称之为官山。实名叫高山。

③兆麟：指的是宫兆麟，是清乾隆年间的三省巡抚，官至二品。

④寒道青：当年宫兆麟去湖北上任，一白鳖拦桥有诉状。兆麟命人跟白鳖视其何归，结果白鳖没于塘中，兆麟停轿观察，第二天早晨见塘中在冰窟中长出一棵青稻。兆麟命车干塘水，一尸绑于石上沉于塘底。经过思考，兆麟命人查有没有叫（寒道青）稻青的人，一查，一屠夫卖肉时高叫："我叫韩道青，卖肉不用称。"随命人抓之一审得实，他便是杀害塘中猪贩子的凶手。

⑤宫鹤亭：即国民党少将，军警联合督察处处长兼天津市市长。毕业黄埔军校。

⑥水上漂：即东海烟厂生产的东海烟。蚌埠东海烟厂的前身是宫姓牵头办的烟厂，叫复明烟厂，后改为东海烟厂。

⑦四大家族：即宫、宋、杨、林，是怀远县的四大家族。

⑧德国艺人特来观摩：改革开放后，宫集玩龙名噪华夏，德国女艺人特别向国外申请要看宫集的龙灯。来时，宫集的业余舞龙的演员特地为德国女郎玩龙演出博得大众好评。

⑨老头岗：原是一座山岗，后为宫集乡政府。

四湾赋

牛头鼠尾，冬去春延。姚公邀吾作赋，算来已有三年。吾与公一见如故，文债不可长欠。忆在乡下日月，副蹲点近千天。四湾民风朴实，农友情切谊远。出语谦逊，做事干练。为报知遇之谊，浓情抒于笔端。举秃笔慎谨作赋，草撰神奇四湾。

浩浩兮四湾，古誉扬山川。东为滔滔濠河，西是巍巍独山，中居唐、姚、魏，南是朱家湾。靠皇城而看明光，挽淮河而擎南山。丘陵逶迤而延伸，数溪汇聚于东关。

近处濠梁观鱼，钓台春涨；倾听庄惠辩舌，鱼乐鱼欢。淮河滔滔，汹涌东去，垂柳遍植堤坝，清风细拂绵绵。两岸繁华似锦，最美月明湖畔。钟离国占城遗址犹在，蜈蚣桥雄鸡耸立两岸。公鸡败蜈蚣制服水怪，南北通衢兮民得平安。阚家滩四鹤擎柱①，随洪涨落似船于水。风吹雨打任其自然，浪打其台而不塌，水齐滩台而不淹。其中奥妙，神气难言。

远眺珠城崛起，龙湖柳珠翠灿。动车招摇过市，空中巨龙八方梭穿。

明陵风雨，松涛阵阵，席卷江淮大地。赑屃驮碑，昂首负重，载太祖经典巨传。仙姑于南岗升天过海，谯楼声声响彻云端。

古老四湾，沃土沙掺，造建中都，取泥烧砖。遍地是窑，人满为患。庵棚万座，烟弥独山。朝阳门外石型如猪②，全部跌进万丈深渊。黑石洼乃刘基所制，绝掉朱氏祖辈皇源。

朱家湾有青冢一座,尚书古墓③数遭贼算。石人石马已成石灰,华表陵道早说再见。其内财宝盗窃一空,至今无人关注陵园。

濠水绕湾流进皇城午门,金水桥下能行五道围船。当年四湾水旱通衢,独山脚下商品货全。观星台设立山顶,天象星座昼夜测观。山下商贾云集于此,会期一到大戏连连。

奇哉!眼前一树兮,枝伸特长;叶茂超常兮,阴盖小塘;树边一冢兮,不见碑陵。何人墓,如此荒凉;细访问,方得其详。土下一英雄,四湾一栋梁。姓姚名大公,其威震远乡。一九三八年,鬼子进了庄。先奸村中女,后烧四湾房。姚公怒冲冠,持斧杀东洋。因寡不敌众,人在刀下伤。其声如牛震天地,鬼子闻声心发慌。三日未咽气,血染半个庄。亲人不敢救,鬼子架机枪。临危骂声宏,死在碾盘上。抗日真英雄,古今人敬仰。

兴哉来了共产党,四湾人民得解放。搬去头上三座山,百姓自由心欢畅。扭着秧歌舞翩翩,为民服务建家乡。

搞土改,顶蓝天。分田地,过新年。献公粮,援朝鲜。爱党爱国爱劳动,勤勤恳恳当社员。

三中全会雷震天,改革号角响四湾。包土地,搞单干,直来直去不拐弯。首次解决温饱事,四湾人民尽开颜。奋发图强四湾人,家家户户去存钱。门前都通水泥路,村容村貌换新颜。徽派建筑排成排,扶贫攻艰送温暖。旱时抽进濠河水,涝时集中搞排灌。所有土地通公路,沟渠配套块块田。农忙机械多如蚁,闲时聚集搞联欢。洪武棍,小快板,人人忙着找舞伴。悠扬乐声一开启,广场舞友就站满。

丰衣足食小康路,歌舞升平老少欢。

风景日日美如画,四湾凤阳后花园。

辛丑年春草于中都鼓楼

注释

①四鹤擎柱：阚家湾住着几十户人家都姓阚。祖辈于此劳作，洪水虽猛，四方皆被淹没，唯台独存，人们传说有4只仙鹤擎着4根柱使台子永不塌陷，水涨台涨，永远不被洪水淹没。

②朝阳门外石型如猪：即四湾黑石洼的石头大小形状都似黑猪，并且黑中透亮。据传是刘伯温为了把朱家的皇帝星宿用孕妇尿尿的办法趁星宿进城前把住朝阳门，让它们都变成猪而跌落在泥洼里。

③尚书古墓：在四湾村有座古墓，是明朝兵部尚书顾佐的墓，屡被贼盗，今为农田。

教场赋

巍巍教场，江淮名扬。境内道路，四方通畅。北面独山矗立，南方濠水泱泱，西顾新城崛起，东盼明都城墙。中有"九女井坟"，更兼"回马奇塘"。三月二十庙会，客贾来自八方。古唱三天大戏，今为交易市场。

壮哉教场，千年沧桑。南北驿站，横穿村庄，教场之名久矣。六百年前这里排兵布阵，喊声四起林立刀枪。文韬武略，练兵精良。将军扬眉，护佑明皇。威震四海，统辖三江。教场曾是中都骄傲，教场亦为华夏辉煌。此域虽微，然兵歌嘹亮。故此而声振，呼之为"教场"。

惜哉教场，天降祸殃。屡遭战火，遍地悲凉。兵临城下，教场殃殃。日后复兴，乾降祥光。贾商云集，楼瓦明亮。

痛哉教场，祸起东洋。日寇进犯，百姓遭殃。匪顽横行，遍地火光。尸横旷野，鬼魅逞强。

快哉教场，全国解放。"三山"俱倒，百姓欢唱。教场再兴，设此为乡。改革潮起，百业兴旺。

今日教场，美丽春光。良田千计，绿色苍苍。大棚蔬菜，青紫绿黄。累累硕果，苦辣甜香。苗木花卉锦簇，分布道路两旁。笑迎八方来客，微微散发蕊芳。眼底尽收奇景，美丽诱人神往。全村二千余众，个个喜气洋洋。家家生活富裕，户户安居洋房。再看教场村委会，十八间漂亮楼房。前后宽敞院落，面对初升太阳；尤其文化大院，藏书满目琳琅；计划生育宣传，贴满粉白砖墙；村里全体干部，进取奋发向上，终日服务基层，昼夜辛勤奔忙，调解千家矛盾，立足改革开放；村中男女老少，歌声婉转悠扬；舞动"洪武奇棍"，跃步整齐铿锵；打出明代古韵，跳出今日辉煌。

美哉教场，壮哉教场，青史垂名，万世流芳！

2012 年仲春草于凤阳教场村委会

藤茶赋

去冬岁尾，友人钟承志邀宴于藤茶山庄。几碟土菜，特别清爽，杯落托写《藤茶赋》。只笑未允，回后思之，何负友望？因事繁而未果，新旧两岁无章。新冠疫情四扩，避难闲置在床。始草此赋，以付友账。

亘古钟离子国，钟灵毓秀之乡。华夏传宗之地，大明于此发祥。江淮奇藤，葳蕤闪光。天赐葡萄之科，脉彩神奇之壤；吸天地之灵气，得日月之瑞祥。藤生山崖以揽秀，茶庄披霞以映光。藤茶今古誉满，质优天下名扬。

茶有千种，气合万象；汁含百味，寓意浓香。凤阳远古有食藤饮茶之例，《本草纲目》载以昭彰。野藤特有之珍品，神农茶毒以典藏。彭祖居韭山，食野韭，以林作伴；披日月，戴星辰，以坤作床。勺泉水，煎藤茶，开怀而饮；拒病毒，增寿寝，八百而长。庄子茗藤茶而坐观鱼乐，惠子辩鱼乐而道短论长。王惟忠万计将士抗金兵藏于韭山，洞中数月不能见光。食野果吞野菜不减斗志，摘野藤煎藤茶解毒疗伤。元璋牧牛常食藤茶之叶，充饥清热顿感身心凉爽。

藤茶失灭数百载，今始涅槃于凤阳。钟公效古贤僻居山野，丛林深处造藤茶山庄。摘野藤杀青而揉捻，烘出色香味而包装。茶销海内外，客住茶送上。慕茶之士千千万，点名专把藤茶装。游山玩水山庄进，待客先把藤茶上。自酿蓝莓酒，食用仙人掌；御膳豆腐土山鸡，渴饮藤茶分外香。

优质藤茶，野生崖长。属性独特，姹嫣流光。人培而萎缩，移植而好亡。喜攀岩不能独树一帜，好附凤顺枝蔓而长。泉边溪畔，迹罕乃芳。春风雨润容颜美，谷雨展藤叶最良。藤茶非茶，茶中之圣；叶圆非圆，圆边锯长。藤叶放香之季，繁花粉蝶蜂狂。茶鼎烹煎古今事，玉壶倾尽韵悠扬。入口略嫌清苦味，饮后始觉甘绵香。世因倡茶而入史，人因品茶而寿长。亲友莫逆山野聚，几碗品过入仙庄。赏山林之雅趣，览卧牛之风光。古琴与静月同舞，白云与流星同行。个中滋味谁能晓，雅客方知藤茶良。

天地拥抱自然，人茶相得益彰。人无茶不雅，茶无人不芳。人得茶而清心明目，茶须人四海名扬。天下骚客多品茗，茶道妙处日月长。

赋闲之人论茶道，愉悦品茗神安详。藤茶之妙似茶非茶而傲居于世，其味独特似淡非淡而魁立茶行。藤茶与众茶不同之处，世人饮之有益健康。不含茶碱咖啡，长饮抑制肥胖。瘦体美容延年，化脂去皱身强；甘醇口转香清浊骨，五泉流韵润胃肝肠。得藤茶之神效，感香馥而风光。欲找仙境品茗，须往藤茶山庄。

2020 年 2 月 2 日夜草于中都鼓楼

龙兴御液酒赋

　　初春之际，百花芬芳。挚友程林贵邀吾作《龙兴御液酒赋》，因家事繁杂，数次提笔未能成章。窃喜，古有春华秋实之句，今有春账秋还之文。乘兴挥笔，权当拙赋，既了却心愿，亦为凤阳土特产品锦上添花，岂不美哉！

　　天地苍苍，淮水泱泱。月精峰下，晨钟震响。

　　龙兴御液，尤物琼浆。似水而清，液晶而香。

　　古为坛盛，今为瓶装。神妙奇滋，百味之王。

　　唯事而不入，无礼而不往。来乐需得酒助，解忧唯有纯酿。天下世故人情，缺酒神情不张。家中纵有千难，酒到决事有方。

　　喜事白事伤心事须得酒办，国事家事人生事酒到乃昌。怨积仇深似海，一盏心通敞亮。犯有千罪断头，法场酒送其壮。

　　噫唏！他日明皇闲暇农庄，青衣小帽体察凤阳。出龙兴目览千家万户，迈虎步脚踏星辰月光。见一居满院内灯火通明，有一叟坐菊间举杯正忙。叟见客器宇昂料非凡夫，暗猜度这陌君恐是帝王。忙起身鞠大躬邀君入席，陌生客登首席拒不推让。龙兴畔举金樽对饮颜欢，君临风民把盏玉兔奔忙。酒正酣兴正浓老叟开言：清风徐明月照，贵客临门，金樽满，敬圣客，三杯心芳。效前贤，坐茅舍开怀畅饮，逢知己千杯少诗赋文章。

　　快哉！太祖称赞兮樽干诗狂，桂花御液兮高喊吴刚。对月行令兮神韵陡增，才思敏捷兮开口文章。

飒飒西风满院塞，蕊寒香冷蝶难徊。

君民举樽对菊饮，何来佳酿慰吾怀？

噫乎！太祖停樽问访："杯中酒香，曲池何酿？此等妙品，农家何藏？造物之序，应贡明皇。"叟有千虑，并不慌张。掀干优物，口述配方："纯粮米酵，百果存放。昔之窖泥，加之麸糠。龙兴甘泉，冲曲成浆。秘方绝配，酒出异常。"太祖开怀，液润龙腔。请叟入宫，专造佳酿。打造极品，侍奉圣皇。老叟推辞，不喜近王。清心寡欲，酒乐无疆。龙需池水，献祖秘方。太祖大喜，酒干开腔。"玄武之水，备变琼浆。久思其法，未得妙方。今有奇宝，酒满三江。良方天助，立为宫藏。赐名御液，日宴品尝。"

民间曲酒，移居建康；赐名龙兴御液，专为皇家独享，离今六百余载，妙方重入凤阳。一九五八酒厂启建，厂址设在龙兴寺旁。跃进年代大炼钢铁，龙兴御液涅槃故乡。

噫嘘！

今日酒厂，玉液陈仓。甘味更佳，淳色清凉。

手工酿制，古坛窖藏。曲池依旧，龙井泉畅。

主要成分，小岗高粱。豌豆小麦，米谷争强。

闲来无事，聚友交往。推杯换盏，猜拳逞狂。

金樽对月，琥珀生光。吟诗作赋，其乐盎盎。

噫夫！

龙兴御酒兮六百龄芳，辈辈逞欢兮迎来送往。

天涯可见兮情系华夏，千家款留兮四海珍藏。

皇家珍品兮百姓拥有，横贯古今兮寰宇共享。

古风传盛世，诗酒振家邦。酒壮英雄胆，红尘高万丈。

举盏系真情，和睦国运昌。龙兴御液酒，世代飘异香。

丙申年暮冬草于凤阳酒厂春节茶话会上

九天赋

"九天"揽月兮穿云破雾，海底捉鳖兮当下五洋。深化改革兮潮头勇立，更新换代兮宏篇文章。中都福地，大美凤阳。"九天"生态，鸟语花香。

咦！船头丽鸟是甚？原是金色凤凰。志士功成天涯兮，不忘故里。回馈桑梓父老兮，创业返乡。

农村流转土地兮，重调产业结构。不失天赐良机兮，"九天"扬帆启航。

聚千家之散地，将废渣变璧玉。集沉睡之荒野，造新型之农庄。

噫嘻！"九天"生态，科技领航。展高效示范之基地，建生态绿色之家邦。设七步递进之战略，创综合"九天"之辉煌。描神奇中都之宏图，写返璞绿园之华章。

细看！"九天"生态，到处充满阳光。花卉争相竞秀，睡莲开满池塘。沟渠环环相通，游鱼戏流徜徉。紫藤花开诱人，绿树左右成行。餐饮食宿一体，垂钓休闲观光。长廊果悬客顶，草坪坦绿如床。梅子红白间杂，百鸟你来我往。

纵览"九天"，彩旗飞扬。万亩田园，壮观倩亮。其美无比，赛似苏杭！农乐厅，少儿厅，示范厅，厅厅独立。生态园，种植园，百果园，园园别样。养殖场，苗圃场，庆典场，布局合理。休闲阁，清亭阁，情侣阁，诱客神往。

春观"九天"，神怡心旷。千花献丽，显姿逞强。万朵吐蕊，蝶舞蜂狂。

迎春花报初春绿中点缀，蜡梅花傲霜冻独具寒香。桃花，梨花，格桑花，争相竞秀；月季，珠兰，木香花，露润芯芳。

夏赏"九天"，心花怒放。美景尽羡眼底，五谷绿波荡漾。垂柳轻拂柔情似水，莲花俏丽开满荷塘。樱花、茶花、紫薇花引蜂入赘，海棠、碧桃、茉莉花四溢飘香。牡丹、桂花、鸡冠花争香斗艳。米兰、珠兰、木兰花洁傲芬芳。朴树、栾树、香樟树树树名贵。兰草、剑草、飞燕草百草兴旺。

聚凉亭，观鱼乐，聊天南地北；赏夜景，望北斗，沐星辰月光。穿林阴，移轻步，闲暇神舒；闻啼鸟，听蛙鸣，休闲纳凉。

秋天景色迷人，别具一番气象。百果尽熟于"九天"，风吹十里而异香。鸡鸭散而有序，猪羊皆为自养。秋月挂于天际，微风格外凉爽。蟋蟀草丛斗乐，情侣果荫轻唱。村民聚此联欢，蹦迪嬉打连相。徒步多围"九天"而转，晨练到处舞剑弄枪。

冬来"九天"白雪茫茫，林园一色尽披银装。凸显苍翠者何物？松柏傲寒何惧冰霜。踏雪争先者为谁？少童溜冰追逐逞强。啥果玉树临风敢迎飞雪？金果梨鄙严寒笑挂枝上。

夫观人间万象周而复始，兴衰有数千变不离纲常。失败多因贪腐，兴盛正道则昌。革陋创新而进，贪腐不治而亡。

望"九天"，借前人之鉴推陈出新，举深改之旗奋力向上。"九天"万亩农家乐园，一派生机盎盎。餐食生态土菜，香猪美味异常。有机菜蔬自种，农家果酒自酿。观游客如蚁，看厅堂繁忙。情侣结伴同行，亲朋猜拳逞狂。佳境人间难觅，月宫又能怎样？！

噫！大鹏多展宏图，志士抓机不放。尝人间辛酸苦辣，得甘果父老共享。

浩浩"九天"，前途无量，美丽生态，当下无双。敢与大寨媲美，敢笑版纳西双。敢为深改树旗，敢承天下小岗。

"九天""九天"，鞠躬利谋于天下百姓。

"九天""九天"，尽瘁造福于中都凤阳。

辛亥初夏，全市散文家看"九天"活动中，草于"九天"生态园

凤阳消防赋

夫消防者，神圣之使命，平安之守神，灭焰之天将，防火之精灵，驱天下不祥之火，防世间魔焰害人。

征百难而不辍，蹈千险而不惊。披坚执锐岂在功之大小，消烟防火为民不忘初心。大义凛然无怨无悔，铁肩负重碧血丹青。救危难而闯虎穴，除灾祸而夙夜星。勤查细防消烟隐患，意志如磐消防铁军。

亦夫，火乃燧人氏钻木而取，自然始现篝火之明。食物由生变熟，部落防兽入侵。人间炊烟四起，刀枪炉火铸成。

打仗点火为号，争战火为先锋。纣王烽火戏诸侯，丢失八百载前程。周郎火烧战船于江面，东吴于赤壁大败曹公。陆逊火烧连营八百里，刘备托孤于白帝城。

斗转星移，世事如风，硝烟之后展文明。火乃进步之能，国需火发展电力科技，民需火照明烧饭做工。凡事与火结缘，红尘无火难行。人类靠火推助进化，国之强盛火为灵引。冷战兵器退去，火药枪炮盛行。日本用火之长，打破世界安宁。开枪打开卢沟桥，暴露其侵略行径。天上有飞机，海上有舰艇。烧杀抢掠侵华夏，肆虐轰炸南京城。中共抗日救国，烽火席卷全民。烧炮楼，毁连营。炸机场，杀东瀛。坚持抗战十四年，华夏步入新征程。

成立新中国，火乃科技之魂。造利器，试核能。制导弹，遨太空。两弹在沙漠爆炸，火立特殊奇功。火送天眼巡天，飞船宇宙横空。海中有航母，江中有货

轮。燃气火车退二线，高铁八方纵横。宇航星球座客，飞船始登火星。科技尖端
火引领，火为利器之灵。

然，人间灾难之巅，莫过烈爆深重。它可毁楼灭屋，亦能灭族亡生。可吞食
田园庄稼，也能毁灭竹海丛林。大可毁灭世界，小可草木不生。保险用火展大
略，消防伟业重控衡。

继夫，特色消防，当数凤阳，古往今来，历史辉煌。初为淮夷之蛮地，周景
王启筑城防。首建钟离子国，隋唐更名濠梁。大明中都崛起，濠州赐名凤阳。只
因消防不济，烈焰屡屡侵房。毁过山林，烧毁库房；家禽烧焦变熏饼，人畜都在
火中亡。有天火，有地炀，有战争，有人放，规模浩大，百里见光。大明初立，
庆功楼起无名之火；功臣归位，纷纷赴火蹈汤。献忠攻克中都，天胆明火执仗。
烧鼓楼，毁皇陵，灭圜丘，龙兴炀。全不念民之膏血，野蛮纵火太荒唐！毁灭精
湛古迹，造历史之巨殇。

斗转星移，乍汉勿唐。凤阳消防与共和国同岁①，义务治焰为民除障。隶属
公安管辖，随之设立规章。先驻公安大院，后迁龙兴寺旁。九华山峰建雷达，勘
察任务加强。编制规划部队，重新改制上岗。新时代，新主张；新管理，新消防。
申酉年重划应急部，当下消防隶属中央②。

喜夫，今日凤阳消防，实施科技领航。着眼新时代，格局大无疆。确定新标
准，整顿新伍行。明确新使命，建立新规章。旧貌换新颜，突显新气象。高楼耸
立，院域宽敞。满目花团锦簇，繁卉四季飘香。瓜果累累，树荫透凉；彰显文蕴，
非遗上墙。池内莲花朵朵，花蕊蝶舞蜂狂。各色金鱼漫游，小桥引渡回廊。亭榭
座座，休闲凉爽。

细观阔院壁上，厚重文化包墙。有古训，有名坊。有圣贤，有儒商。有名著，
有典藏。有花鼓，有凤凰。有老子宣讲道德真经，有逍遥成仙蝴蝶王。有横枪立
马的楚项羽，有操戈起义的朱元璋。有人民公仆沈浩，鲜红手印入画廊。有翩翩
起舞的花鼓女，有激越高昂的拉魂腔。

再看秀木秀气，内容布局精良。万树林立，特色无双。朴树桂树香樟树，树

树名贵；杏花瑰花牡丹花，花中之王。立功出战果，事迹挂树上。有照片，有图像，有战绩，有勋章；绩显悬贵树，绩平挂白杨。大功前排挂，功小小树彰。

文化建设领先，队伍训练有方。模拟与历史相凝，功劳与绩效同彰。看十八根立柱，似十八尊铁汉。舍命按下红手印，掀起改革巨浪。模拟激流救援，铁索横渡淮上。仿佛蜈蚣今犹在③，勇士冲锋飞火场。那朝天模拟独柱，如雄立丹凤朝阳。训练有素精益求精，模拟演练锐志昂扬。抽丝剥茧临危不惧，文化兴队铸就辉煌。看模拟之器林立，仓库中重器成行。水枪透明，头盔铮亮，器具先进，威武雄壮。水罐车救援车高喷消防车，依次排立。运输车装备车登高消防车，待发整装。观消防文化瑰宝，勋章进树木林廊④。

贵夫，凤阳消防，江淮独一无双。文化引领工作，全面武装思想。逆行矢志为民，扛起使命担当。吸纳最新模式，夯实自身力量。应急救援出妙招，防控灭焰有奇方。执行命令如闪电，飞檐走壁登高墙。下深井，赴火场。救急难，奔四方。持重器，扛担当；看山不是山，不畏刀山火海；灭火不惧火，傲崇涅槃凤凰。舍生忘死勇于奉献，焰中纵横铁血奔放。傲骨柔情撼天地，国泰民安重消防。千里悬旌守四野，防控灭焰赋凤阳。诗曰：

不忘初心精神爽，为民消灾记心上。

防患未然树己任，除灾救难心向党。

铸魂励心强本能，确保烈焰写正章。

赴汤蹈火筑勋台，特色消防铸辉煌。

辛丑年盛夏草于上海闵杭

注释

①凤阳消防与共和国同岁：1949年凤阳居民自发组成灭火小分队，义务为民间灭火。

②当下消防隶属中央：现在消防机关的编制直属中央管辖。

③仿佛蜈蚣今犹在：指临淮古马头的浮桥原名叫蜈蚣桥。

④勋章进树木林廊：即消防官兵的业绩和照片简历都挂在树上。

鹿塘赋

　　浩浩鹿塘，巍巍北山。江淮分水岭，总铺制高巅。古道南北通衢，四面左右逢源。北眺原野辽阔，无边无际；南望群山逶迤，高入云端。这里来过春秋管仲，此处走过上界八仙。住过千年鹿王，引来寻宝刘安。一铺二铺黄泥铺，铺铺穿山而过；汉军唐军后周军，队队军峰向前。红塘管飞走被戳凤凰^①，黑鱼精惨死于黑水潭^②。远远望去百年榆树，枝叶苍翠，凌空独立蔽日遮天。终日窥探碧波荡漾之鹿塘，独展缥缈高耸于北山之巅。登斯炮楼，盛况空前。金鸡独立，云绕北山。政府大厦雄立于山下，繁华街道热闹非凡。脚下红土乃散血腥之味，楼基记载日寇罪恶滔天。微风吹拂，仿佛听鬼子嚎叫之声；群莹座座，似闻烈士杀敌呐喊。

　　千年鹿塘水，万载小北山。历史悠久，文蕴深远。有战争的风云，有历史的事件，有神奇的传说，有地名的来源，有革命的故事，也有精神大餐。神奇之处探寻根由，文蕴深远来于自然。

　　古载鹿塘，亘远北山。人烟稀少，荒草丛峦。山洪冲出小溪，久之渠宽溪潺。这儿住着一队鹿群，母鹿为王手握重权。龄高千载老态全无，年久体态更加飘然。鹿王摘日月星辰之灵气，采山川秀丽之精仙。渐渐变成了人形，穿梭于茫茫人间。可以变化无穷，亦可绝技多端。效仿人生习惯，久居高俯北山。盖茅屋，穿绸衫。吟风雨，生炊烟。不再是往日之常鹿，成风云幻异之鹿仙。

长住北山顶，活动红尘间。只见漂亮小少妇，始终未见男人还。声称自为鹿氏女，"鹿寡妇名讳到处传，且因几代不变样，故人呼之为鹿仙"。

忆夫，匈奴单于侵中原，带兵攻打北边关。刘彻筹饷出重兵，征收军费到淮南；刘安不给藏祸心，刘彻恼怒要撤藩，准备制裁淮南王，不料其间遇大旱。河底生尘，枯草生烟。田间裂缝，寻水艰难。树作焦枯之色，井存泥泞浆源。炎炎烈日，苍天怒目生威；滚滚黄尘，百草垂头卧怜。

断流日久，万物眠眠。鹿群渴死过半，惨剧还在后边。鹿王亲见死去之鹿群，终日涕哭不欲生还。下决心，改自然。搬大塘，防大旱。朝思暮想，昼夜谋展。终于等来了难寻之机，鹿王展绝技套住刘安。

淮南王已知刘彻之谋，自己肯定没有好天。为了绝地逢生，决定举兵造反。领随从驰皖东巡查，招募兵勇于北山。数日有万人投军，王缺军饷而不安；愁闷夜游军营，秋风时急时缓。纵马狂奔夜幕，顷刻来到北山。远眺山顶有茅屋，内亮灯火人未眠。远远听歌声绕梁，影影有舞女翩翩。王觉好奇，心中茫然。夜幕旷野之中，哪有油灯燃燃？王骑马佩剑，驰于茅屋前。内坐一位少妇，见王忙道万安。诚恳恭请进坐，举止大方自然。王观妇人之貌，顷刻魂魄飞天。鹿王超凡脱俗，雅艳足赛七仙。遍体娇香，沉鱼落雁。两弯秀眉远山清，一对眼睛秋水涟。脸如莲萼，体轻如燕。唇似樱桃，两乳如馒。分明嫦娥下界，西施浣纱再现。刘安惊叹不已，暗赞之语连连。荒郊野岭，是虚是幻？夜幕之女，是神是仙？莫不因眼睛模糊，难道是仙女下凡？晚风吹拂体魄畅，春花黛露不须然。汉王春心荡漾，形态飘飘冉冉。鹿王专等巫山雨，情郎终于来床前。为借力谋事，兑心中之愿。于是乎，媚态千生，莺声婉转。行勾魂之术，使揽异之款。

刘安虽是王宫皇族，哪食得如此娇佳野餐？遂行云布雨，攀床上巫山。贴胸交股情正切，突然群鹿金闪闪。王视金鹿入土，忙问鹿娇"见没见"。鹿寡妇觉得时候到，委婉向王道事端。"王爷举事正缺钱，挖金掏鹿了心愿。"刘安大惊不知措："村妇怎知王变天？""你既招兵买战马，不想举事为哪番？"刘安无词掩其行，只有点头道因缘。鹿曰缺钱钱就在，若大宝藏赛金山。王顶白草③举大事，百头金鹿助君愿。刘安仰天道天意，成就鹿王两心缘。

王令兵勇挖金鹿，数日金鹿影未见。再寻鹿妇过佳夜，出谋划策定机缘。形成合围中间挤，王爷命兵挖四边。金鹿无法再逃窜，百头金鹿指日还。王纳鹿意张大网，昼夜大战人马欢。千军奋战听王命，挖得金鹿助刘安。

声飞霄汉云皆驻，响入深谷鱼出潭。十里合围人未住，搬得积土堆成山。濠泊命名为"鹿塘"，千丈土峰为"鹿山"。刘安觉察中有误，再找鹿妇细攀谈。金鹿渺，兵生怨。茅屋荡然无存，寡妇数日未还。刘安缩手无措，挥泪仰天茫然。正当情急之刻，空中条幅飘然。刘安拾起一看，上面墨迹未干：

才华横溢淮南王，为集军饷搬鹿塘。

不思悔改积祸水，终在楚地自缢亡。

刘安很不服气地说："谣言惑众！"

有诗为证：

顶天立地淮南王，为挖金库搬鹿塘。

武帝威逼自缢死，不见娇嫩美鹿王。

又曰：

马首归云恋夕阳，小山孤寺倚横塘。

残碑尚无巴清字，荒草难寻帝子乡。

波泛也枭还妄藻，渠更新亩不携粮。

绿堤向晚炊烟少，麦陇凄凄柳半黄。

哀哉鹿塘，百姓遭祸。七七事变，倭闯凤阳。先是杀人放火，然后抢占鹿塘。

选高点，窥四方；盘踞小北山，炮楼架机枪。意在控制总铺域，为非作歹供保障。

新四军，到凤阳，刘顺启，支队长。除恶杀敌决心大，拔钉驱鬼想良方。卯年三月三十日，对准炮楼射机枪。北山鬼子当乌龟，妄企负隅做顽抗。一夜激战小北山，鬼子越战越疯狂。由于情报有误差，总攻不下反伤亡。殊死搏斗先失利，百名战士亡鹿塘。此次战斗太惨烈，整个战局震凤阳。有诗为证：

小北山上设战场，战士杀敌志昂扬。

不怕流血与牺牲，甘洒热血灭东洋。

鬼子未亡杰先卒，百雄永卧在鹿塘。

炮楼台基今犹在，血腥依旧满鹿塘。

百年华诞瞬息到，英烈造福后乘凉。

今天鹿塘，碧波荡漾，鱼鲜蟹肥，荷莲芬芳；风帆点点，渔翁撒网，晚霞辉映，鲤跃河床。浇灌万亩良田，年年丰收有望。

鹿塘，鹿塘，古风超常。千载北山依旧在，不见当年老鹿王。金鹿未知刘安愿，造福人间是鹿塘。

辛丑年仲夏修改于凤阳中都鼓楼

注释

①红塘管飞走被戳凤凰：据传总小管家堂屋有9窝燕子。媳妇受气，疯僧献计，让她用竹竿把管家燕窝中间的那窝戳掉就不受气了。媳妇依计戳掉中间的燕窝，后飞走一只凤凰，管家失大火而家庭衰败。

②黑水潭：在总小东南有一深潭，曰黑鱼潭，据传里面有个黑鱼精常出来祸害百姓。

③王顶白草：即皇也。

芝麻赋

茫茫宇宙，芸芸众生，天下之大，万事归根。大为西瓜之誉，小乃芝麻之称。

芝麻系草本之科，生长喜夏日熏风。触地便可发芽，灰中亦能生成。天旱生长且旺，久雨最易烂根。喜丘坡而厌漕泽，想日照而忌沙风。

一叶一干独根独苗，花似喇叭色异形同。灿灿兮卉白赛初露梨花，嫩嫩兮心蕊如微洁银针。一节一花而攀高，梭咬主干而递层。杆生百梭而同老，千籽同卧而不争。

然！西瓜有清凉解渴之功效，亦有粉身碎骨之危辰。登高触地丑态百出，腐烂臭气赛过牛粪。芝麻虽微其身不腐，雷霆万钧其形不更。隐体怀柔而不显，狂飙袭击飘逸随风。做官好借芝麻开花之喻，官小直用芝麻颗粒之称。得意时不专横跋扈，开怀时不骄狂逞能。满腹瑰宝而低调，香气逼人而无痕。人见人爱而不炫耀，谦卑入世而无声。万籽合凝似黄河之水，清香四溢善勾世人之魂。有强身健体之奇效，亦有滋补壮阳之功能。体内卵磷脂善阻人体便秘，液中亚油酸亦有白发变黑成分。健脾胃抗肾衰百利无一害，祛风润精能让皮肤保持柔嫩。惠民彰显自身之优势，造福万家无怨气可生。

惜哉！大千世界，思委返轮，自古多崇大媚高；思贵看显，几见仰小渺富助贫之人？餐桌上杯杯先敬高官而不恭布衣，市井中皆躬富掬贵而不吊贫民。人间多仰高天而略厚土，全不念望高之要先固其根。羡西瓜而略芝麻，攀皓月而轻星星。全不体低处暖而接地气，更不觉高处寒而飘勿清冷。毛竹青高而满节空荡，芝麻虽微却满腹经纶。世间墨客多赞竹顶风冒雪之志，几见高士书芝麻粉身碎骨福万家之魂。霸王花美丽动人赏心悦目，却不见后天结丰硕之果。世人多用重彩勾画其婀娜之形，精雕细刻临摹写真。芝麻利有千般而备受冷落，今古未见颂扬芝麻优美之歌声。

是也！非也！自古崇西瓜而慢芝麻，满目皆是锦上添花之辈。很少见颂芝麻而贬西瓜，扬雪中送炭之人。从前机关举目皆人民打头之匾额，几见"公堂"有随意进出之农民？当下为人民服务乃治国之宗旨，推介芝麻莫过于精准扶贫。重锤西瓜之腐是强党方略，国之强盛需敦促芝麻翻身！

提倡江山即是人民，芝麻乃人民中之公仆。确认人民就是江山，芝麻会永葆治国强兵之青春。

辛丑年初冬草于中都鼓楼

菊花赋

金风送爽，天河逐浪。中秋之际，花俏文张。著名作家钞金平大姐邀请吾于涂山百花园赏菊，催作《菊花赋》以助雅兴，不敢推却，挥毫献丑。

菊花青，菊花黄，菊花开时秋风凉。红花鲜艳美丽，白花幽雅洁祥，黄花代表权贵，气质威压群芳。冒寒吐颖悠享闲逸，性格桀骜独具寒芳。

菊花盛开兮，争姿斗艳；香气逼人兮，蝶舞蜂狂。缥干绿叶兮柯青蓊郁，华实晖藻兮去热增凉。

忆往昔，渊明吟菊扶东篱而仰南山，钟会作赋赞菊花芳颖四张。黄巢咏菊百花杀，金甲披身推残唐。元璋咏菊冲斗牛，拓开万里疆。扫平群雄建宫阙，大明基业昌。

东坡不解菊花性①，引得被贬赴他乡。中秋不许回，凋然赏月光。把酒问青天，愁闷怄断肠。挥毫舒情怀，名篇万古扬。任期满，大悟晃，才知黄州天一方②。菊花谢，遍地黄，花瓣随风飘四方。强中自有强中手，不与豪强争短长。

看今朝：江淮群贤并至，济济共聚一堂。金风吹复果林啸，满山石榴黄。中秋赏菊古有之，今日重效仿。看菊园：歌手云集，诗声朗朗。晚年之友，欢聚一堂。百花园中显身手，满腹才艺献友良。

涂山下，淮塔旁，天河岸，禹会场，珍珠丽，菊花香。菊园千姿百态，游客你来我往。这里风光独好，引来才俊吟菊忙。满园黄花遍地金，幽香飘逸透心房。今宵禹会共度，兰亭再闻酒香。

2018年蚌埠市中秋赏菊活动中激情发挥的作品

注释

①东坡不解菊花性：东坡擅改王安石的诗句。苏东坡见王安石《咏菊》："西风一夜过园林，吹得黄花满地金。"东坡思菊花焦干枯烂并不落瓣，随写道："秋花不比春花洛，说与诗人仔细吟。"恼了王安石，才将苏东坡贬到黄州。

②才知黄州天一方：华夏之地只有黄州菊花落瓣。

凤阳鼓楼赋

云涛怒号，雷声震响。蛟龙纵横，盆雨沱滂。

庞物矗天兮雨中何物？华夏鼓楼兮当数凤阳。

五凤飞腾兮穿云破雾，谯楼归市兮更鼓呛呛。

钟离之国，地老天荒。虎踞吴楚之要塞，连燕京而接建康，挽五河而携八公，控中原而纳长江。九州朝奉，龙光射江淮之墟；京师畿辅，北斗仰圣贤之乡。太祖钟情于桑梓，建都于家乡凤阳。中都出而南山颓，濠埂毕而鼓楼昂。

夫鼓楼之伟：制度宏大，规模雄壮，气势磅礴，直刺穹苍。檐牙高啄兮钩心斗角，闪闪荧光兮琉璃瓦当。危楼叠翠兮玉柱峭立，雕梁画栋兮鸿蒙叠嶂。栋宇百尺兮层檐三覆，琼绝尘埃兮龙盘中央。仰视嵬楼兮举首冠落；檐雀坠卵兮羽化飞翔。

奇哉鼓楼：地海翻腾兮巨蟒顶浪，果老抛钱兮安民治蟒①。元璋观星兮煞气逼空，伯温献策兮建楼压瘴②。城中锅底兮落基渊谷，高俯远眺兮万物不挡。选址别具兮东西矗立，日出日落兮腹背阳光。凹雕楷书兮万世根本，御笔亲题兮玄印高墙。

哀哉鼓楼，风雨沧沧。朝秦暮楚，乍汉勿唐。干戈时起，拔城拓疆。崇祯末年兮政令不通，国戚专权兮上下贪赃。赤地千里兮十月不雨，万物焦枯兮遍地飞蝗。百里村庄无鸡鸣狗叫，灾民饥饿兮人肉作粮。闯王举旗造反，献忠攻破凤阳。义军鼓楼一炬，五凤飞灰身藏。雄冠华夏谯楼，浓烟熏逼太仓。穹楼火中哀号，钟鼓立成秃墙。惨状不堪入目，俨然一片觞凉。

自古盈墟有数，乾隆南巡凤阳。目瞩鼓楼沉睡，哀复感叹非常。降旨重修楼宇，谯楼再尚荣装。清末风云又起，鼓楼重遇开芳③。凤翔燃炬鼓楼，秃基再现沧桑。

哀乎！畴昔倭寇，凶狼如狼，犯我中华，窜入凤阳。机枪架于鼓楼，制高窥伺八方。欺明宗太祖，辱华夏之邦。借鼓楼之圣地，造天杀之祸殃。

然"九六"④鼓楼枪响，台基颓废荒凉。乱人刨石撬砖，基址百孔千疮。民居围于墙角，三券阻去两行。破旧立新古物统统砸碎，战天斗地绝杀虎豹豺狼。龙凤石雕穷抛于市井，玉翠之璧散落于街旁。鼓楼泣天告地，别再割肉挖疮。

然改革开放，政通业旺。十八颗手印草舍出台，潮头勇立扬帆启航。春风吹拂鼓楼，基址沐浴阳光。政府出面聚资，草拟复鼓文章。招天下之精工，选人间之巧匠。甲子重修启动，拆迁宽域扩疆。立国家重点文物保护之瑰璧，建商业旅游休闲娱乐之广场。工匠轮番劳作，机械隆隆震响。工竣大典空前绝后，华夏谯楼五凤腾翔。

谯楼之伟，万千气象。雄拔峭峥，气吞磅礴。雅朴苍奇，伟岸轩昂。朝夕荟蔚，幽邃古苍。野逸淡远，心游洪荒。龙飞凤舞，气动韵藏。千姿百媚，不可名状。

登临鼓楼，心花怒放。神怡旷阔，其乐盎盎。撕白云擦汗，摘星月银光。瞰江淮风貌，揽黄河长江。

东瞧隐约有：历史风云起汴梁，泥马淮河渡康王⑤。严娘哭诉当年誓⑥，采和踏歌在南岗⑦。临淮关浮桥烟锁，金鸡斗败蜈蚣。庄子台观鱼乐，庄惠辩于濠梁。

西看仿佛有：涂山雨雾白茫茫，防风洒泪诉冤枉。万国诸侯聚禹会，举斧劈山疏河床。涂山氏思夫君开南音之唱，洮河岸风声鹤唳草木皆响。汉刘安造豆腐称东方神脑，刘伯温凿龙眼一窑定鼎皇塘⑧。

南望恍惚见：明陵风雨起苍黄，淤皇寺里闪龙光。二十四骑探虎穴，黄花寨里擒魔王。卧牛湖驾牛郎奔银河幽会织女⑥，三峰山食野韭彭祖寿八百而长。王惟忠抗金洞藏雄兵百万，禅窟寺古岩道走万只雪狼。

北眺好似见：斩蛇义军在芒砀，楚汉逐鹿数刘邦。垓下楚歌四面起，虞姬舞剑别霸王。战淮海炮声隆血流成河，西柏坡灯光烁雄师渡江。淮河畔小渔村惊天巨变，龙子湖出瑰宝珍珠闪光。

噫嘘！尧天舜日，乾坤朗朗。万世根本，百年风光。人杰地灵，文蕴深藏。时变动地惊天，广场空前盛况。

今日鼓楼，巍伟无双。翘角飞檐，鎏金回廊。殿宇矗立于星汉，承载春秋之辉煌。采天地之灵气，纳日月之华光。阁角耸于四卦，气韵通于八方。周边兴隆旺铺，商贾熙熙攘攘。白日人海如潮，晚间灯碧辉煌。休闲娱乐并举，游客你来我往。花鼓女老幼皆聚翩翩起舞，打连相妇孺俱上杆动钱响。洪武棍抡出花花世界，双条鼓打遍五洲四洋。拉魂腔悠扬婉转，泗州戏激越高昂。花鼓灯兰花戏白脸，狮子舞球动狮狂。琴声启裙旋飞舞，笛声扬红歌嘹亮。中都钟灵毓秀，明壁珍以楼藏。华夏盛世歌舞升平，凤阳鼓楼万世绝唱！

丁酉年农历十一月十八夜大雪纷飞之际草于凤阳中都鼓楼

注释

①果老抛钱兮安民制蟒：传说鼓楼基座是地海海眼，有巨蟒于海眼露头，被张果老于空中发现，为保民安抛钱压住巨蟒。

②伯温献策兮建楼压瘴：洪武四年，朱洪武立于皇城顶端，望东南有瘴气上升，问刘伯温何故，军师告知地海巨蟒作怪，需建一庞物压之，遂定兴建鼓楼。

③开芳：即清末起义军大将李开芳。

④"九六"："九六"事件，即"文革"中的造反派在鼓楼持枪互射，9月6日上午一人中枪而亡。

⑤泥马淮河渡康王：传说南宋赵构骑泥马渡淮河，现在淮河南岸五河县南，

明光寺北淮河段还有泥马墩的遗迹。

⑥严娘哭诉当年誓：传说当年朱元璋被元军追杀，严小姐救了他，朱元璋发誓，他日登基封严小姐为娘娘。后严小姐屈死在家乡，在五河、凤阳、明光三交界处有高大雄伟的严小姐墓。

⑦采和踏歌在南岗：据传八仙之一的蓝采和升仙修道的地方，南岗现存上天梯的遗迹。

⑧刘伯温凿龙眼一窑定鼎皇塘：当年朱元璋创天下时，有七龙争天下，其中最为强悍的一条石龙跨淮河奔往常遇春家的祖坟。刘伯温为了保住朱家的江山在淮河东岸建一座窑，名曰"皇堂窑"，压住龙头，并挖一口井，凿瞎龙眼，此井水都是血色，将石龙压住不能过河。

⑨卧牛湖驾牛郎奔银河幽会织女：据传牛郎和织女的故事就发生在卧牛湖。

再进四湾

古曰濠河长，今言濠河宽，濠河发源地，原是凤阳山。七岗八洼穿百里，一路濠歌到四湾。

巍哉四湾，其地壮观。西为皇城，东为嘉山。北是淮河，南是定远。历史悠久，芳名未变。

壮哉四湾！村中高阜处，东南朱家湾。标志虽不明，一看就显然。原是尚书墓，葬于正德年。名讳为顾佐，墓周较平坦。石人石马石麒麟，华表玉柱碑立前。近是黑猪洼，远是白鹤滩。御道通濠水，后背靠独山。右握大王府，左擎临淮关。眼瞟庄子台，直视凤阳山。灵韵神武，气压东南。宝宅葬英杰，龙脉镇四湾。

惜哉四湾，当年尚书墓，肃穆且俨然。青冢依旧在，已过六百年。风雨驳浊神灵地，古墓仍遗旧时滩。

举步前行，一塘展现。九座明窑①，成品窑砖。砖背有文字，迹清字可辨。注有南昌府，亦有泗洪县。四川道，句容椽。各有所出，明载州县。

记忆四湾，我心悠然。当年泥泞路，客水欺门前。三年两不收，防汛不隔年②。修濠河，大搬迁。村庄变堤坝，民离阚家滩。堤高坝宽濠涛畅，万顷农田有护栏。

孩提被招聘，考试进机关。我为镇干部，蹲点进四湾。驻村不准回，朝夕与民伴。喝是土井水，顿食野菜饭。住的破草房，穿的旧烂衫。赤脚走田埂，遇蛇就拐弯。蚊虫不离身，眠时鼠乱窜。与民同吃同劳动，同苦同乐伴民欢。常为百姓忧，探寻致富源。

快哉四湾！冰雪融散，梅开盎然。改革春雷，其声震天。包产到户，风吹四湾。群情激奋，其力无边。先分队，后单干。一年变样，全面发展。养鱼的鱼蟹肥，养鸡的厂连连。种瓜的瓜满地，养畜的膘肥满。打工的钱存足，办厂的马达欢。三年村容改，旧貌变新颜。

时光如穿梭，岁月真无常。万事不由人，轮回谁能挡！当年百姓相思客，今日扶贫又进庄。原来小伙变大爷，小媳妇都把奶辈当。吾辈仕途如吃铁，廿年纱翅未见长。白面书生小干事，当下白发爬头上。还是副蹲点，再把民事商。

再踏四湾路，眼前一豁然。满脑旧记忆，此刻全不见。横空高速路，穿越村中间。宽宽水泥道，户户通门前。徽派新楼房，整齐矗家苑。不见乡村旧茅房，改厕工程世罕见。自来水，标准验。测其质，民生便。跳舞有广场，练体有乐园。楼房都是光伏顶，抬眼满目是花园。

噫嘻！旧时田乱埂不畅，今日块大方又长。田中水渠砖修筑，其路宽宽通四方。播种持遥控，收割机器扬。机站马达唱丰收，濠水浪花进农庄。旱涝收成稳，一年一个样。

南面是果园，周围是鱼塘。坐北景难收，最美是村庄。七月荷花艳，群纷开满塘。往日沼泽地，当下变粮仓。春时干花艳，秋来百果香。四季绿覆盖，空气特凉爽。景美百姓乐，无事打连相。

今日四湾，人不一般，西装革履，谈吐文然。勤劳好客，直率心坦。坚持真理，雪压不弯。讲政治，斗妖艳；改旧规，树新念，懂法律，会挣钱。田是摇钱树，地是百宝篮。家庭商企门连门，养殖农户遍四湾。农忙机械隆隆响，闲时生意做得欢。打豆腐，卖折伞。销售农产品，开发房地产。存款年年增，收入成倍翻。出门车代步，无事知休闲。精准脱贫全覆盖，公益事业抢着干。四湾游子多才俊，携资报祖返家园。各显神通办大事，先进科技带四湾。立志故乡展宏图，奋力求索大发展。集体奔小康，共筑美丽园。

亘古四湾，东水西山；人杰地灵，代出俊贤。

今朝四湾，处处景观；地域传奇，村皆公园。

辛丑年初秋草于四湾村委会，整于中都鼓楼

注释

①九座明窑：是指在四湾村一口大塘里，在 20 世纪 70 年代，生产队搬塘搬出 9 座明窑，窑里还有不少烧制好的成品砖，砖上隐约地呈现着各州县的名字。

②防汛不隔年：濠河在 19 世纪八九十年代，每年都涨水，乡镇干部见洪就防汛，故不融年。

赋泗州戏

大美江淮域，南北分界梁①。精神家园凸显，戏剧直观了当。四大剧种内，就有拉魂腔。誉千家之兴，激万人心浪。历经百载依旧在，当下再铸新辉煌。

高亢泗州戏，美称拉魂腔。肘鼓子，太平歌；周姑子，猎户腔。别名之众，一根多秧。起源于苏北海洲，山东柳琴同出一庄。流派属淮海，师祖葛、邱、张。三兄弟雄心勃发，戏剧发展各持主张。奔山东江苏安徽，淮河南北组班对抗。夫妻小戏，二人出场；一人弹琵琶，一人敲水梆；边做边舞，夫妻对唱。群众喜闻乐见，戏润百姓心房。千家钟爱，万人效仿；发展迅猛，集团登场。登院跑坡唱集镇，红白喜事皆请往。南普五、泗、灵、凤②，北及丰、沛、萧、砀③。柳琴调唱红徐州大地，泗州戏火遍淮河两旁。徽剧庐剧黄梅戏，齐跃于皖南地界；泗州戏，拉魂腔，江淮流域堪称戏皇。

噫虚！动听的泗州戏，引人的拉魂腔。跨越二百年风雨，穿透历史的沧桑。剧种虽不大，流行在地方。老少皆爱听，男女都学唱。琵琶启，笛声扬；八板头，锣鼓响。音调宏伟强烈，唱腔激越高亢。曲韵刚劲优美，特点豪迈粗犷。婉转悠扬如潺潺流水，曲调高引似海潮洪放。内涵神髓兮淋漓恣肆，恢宏磅礴兮激越嘹亮。一咏三叹兮情随腔转，缠绵悱恻兮舒缓悠扬。

男声强悍，刚劲豪放。时而浑厚低沉，时而深邃绵长。高八度翻用小嗓，加入衬词托后腔。热烈欢腾，吐吞偾张。

女声细腻，真情滚烫。曲直顿挫，起伏跌宕。绕梁声，气悠扬；柔情雅致，清冽醇香。弹性十足，自由奔放。鼻腔收韵，故韵悠悠；低柔轻缓，豪迈美壮。唱中夹数，数中夹唱；宛如声莺，曲韵旋荡。既具南音之柔美低回，又兼北调之悠阔粗犷。轻时细如涓涓之流水，浓处似洪涛奔海之浪。

亦嘘！泗州戏，拉魂腔。宣统二年，传入凤阳。先为"三小"戏，魏月华^④挂牌卖艺；后组小剧团，泗州戏正规登场。五十四折为大戏，八十三折为小场。剧目丰富，有土有洋。有才子佳人，有帝王将相。曲唱邻里百舍，演绎里短家长。优秀剧目《拾棉花》，一度唱进怀仁堂^⑤。《回娘家》，《井台会》，华东会演获大奖。蒋荣花，左团长^⑥，热门剧组是凤阳。动作优美是何贵霞^⑦，李宝琴^⑧抢先为戏皇。何贵霞身段优美人人爱，李宝琴出彩之处是唱腔。幽板慢板三行板，有板有眼；正唱轻唱二重唱，百转悠扬。自然轻和，丰富多样；天籁缭绕，风雅润苍；甘润和谐，空灵超旷。

旦角袅娜，盛装亮相；轻柔飘逸，旋霓飞裳，风情万种，顾盼流光。如行云飘飘然然，若小溪缓缓流淌。地道草根波泽远，沃野乡音伴寒霜。

丑角出彩，借鉴京梆。手采桃腹指，脚挪跷腾骧。耍扇子，踩席头，鸡创塘。麻雀跳，蹉四步，压花场。老龟扒沙，偷柱换梁。顶碗钻席筒，怀中抱月亮。

历经百年戏，重开新篇章。生旦净末丑，再塑新形象。著新剧，改唱腔。广采博取，孕育辉煌。

乐夫！昔日泗州戏，变为勾魂腔。肩负新使命，承载新希望。花飞梨园添异彩，风云纳胸绘雅章。薪火相传摒糟粕，盛名高登"非遗榜"。

壬寅年初春草于中都鼓楼

注释

①南北分界梁：凤阳是江淮的分界岭，号为脊梁。

②五、泗、灵、凤：即五河、泗洪、灵璧、凤阳。

③丰、沛、萧、砀：即丰县、沛县、萧县、砀山。

④魏月华：是凤阳泗州戏第一代传人。

⑤唱进怀仁堂：指 1953 年戏剧调演，泗州戏代表淮河流域的地方戏到北京怀仁堂演出获奖剧目《拾棉花》。毛主席和周总理在怀仁堂观看了这则小戏，对该剧给予了高度的评价。

⑥左团长：即凤阳县泗州戏剧团第一任团长左运前。

⑦何贵霞：著名泗州戏演员。

⑧李宝琴：著名国家一级演员。

中都皇城赋

日破惊涛腾海洋，明皇诞生在东乡①。濠河飞龙盘玉柱，天降宫阙落濠梁。

天下之都，当观凤阳。何以生宫，因出帝王。

然，元朝灭亡于暴虐，红巾崛起于饥荒。华夏烽烟四起，大明开疆于濠梁。剪群雄于江淮两岸，拓江山于南夷北疆。明太祖百战告捷，面南登基于建康。朝议定都于桑梓，洪武二年建于濠梁。

神奇方仪②，气韵深藏。前江后淮，中有丘岗。群山逶迤，形同凤凰。以险可恃，以水为漕。背水依山，宫阙向阳。

登月华凭栏远眺，群山错落，云海茫茫。似阳天仙境，如黑纱屏障，战略之要，专挡南来之兵。回首举目，千里淮河，横穿五省，掀起滔滔巨浪。坤生陆河③乃黄帝鲜血，无情水阻却北侵之将。左顾独山高耸，林壑深秀，吸苍天之紫气。右盼八公隐隐，楚都渺渺，闪浩天之光。席山建殿，枕山筑墙，以万岁山为中线。左接日精，右连月华，禁垣蜿蜒，若凤凰飞翔。

咦夫！华夏谯楼之冠，唯中都鼓楼也，钟楼中轴乃皇城御道也，纵横十余里笔直如线。南是皇陵曰明陵风雨，北为明都称富丽堂皇。城中有城紫禁为核，城周近百里而见方。山外有山连数峰，殿外有殿展凤凰。玉石丹陛雕龙凤，宫前门阙铸辉煌。

宫阙覆压八十四万平米，盘龙石基天下殿础最庞。金銮殿规模宏丽，奇绝华夏，大明宫雕饰奇秀，金碧闪光。

破土之日，声势浩荡。动倾国之力，选能工巧匠。调军队，夫人犯，抽壮丁，工役齐聚。建都市，大迁徙，移富户，令离浙杭。差天下之夫高达百万，百工技艺集于濠梁。沿濠座座连窑十里逶迤，车去车来往返浩浩荡荡。烟与白云间杂，囱赛竹林矗上。铭文砖铺天盖地，砖砖标注字号清样；五色土烧琉璃瓦，块块质优泽明鲜亮。伐贵树而建大殿，择楠木而做栋梁。糯米汁混合浇缝，拌石灰桐油做浆。熔生铁灌铸基要，雕玉石粉饰宫墙。方九里，旁三门，九经久尾，规制考究。经涂九轨，左祖右社，华夏无双。深墙高院，五彩缤纷，琢饰奇巧，雕栋画梁。海马，瑞兽，名花，异草，栩栩如生；蓝天，云朵，飞禽，喜鸟，龙凤呈祥。殿台楼阁，鳞次栉比。工艺细腻，精美回廊。檐牙高筑，钩心斗角，规模宏丽，巍峨雄壮。黄色琉璃宫阙，构饰金碧辉煌。

建鼓楼于阳天，谯楼凤舞；筑钟楼于朱天，更鼓锵锵。万世根本以警后人，山川日月坛敬上苍。大兴太庙，功臣庙，历代帝王庙，仰历史贤德君臣。设观象台，钦天台，玉衡铜盘，研测天文仪相。保军需，供民食，稳民意，起建百万仓。

圆丘祭天地，方丘拜玉皇。皇城内开龙须沟，排脂粉废弃之水；外挖护城河，衢濠淮而入长江。金水桥波光潋滟，圆锥耸立而压障。千古帝都华夏一阙，构置精美天下无双。

惜哉！六年之都精美绝伦，只待迁都入住皇上。明太祖敦崇俭朴，察工匠压镇役重人伤。采伯温"非天子所都"之言，以劳资由罢建凤阳。下诏撤回全部劳工，火热帝都出现秋凉。皇宫紫气高悬，龙椅未坐帝王。余料启建龙兴，京都荒了宫墙。

于是乎，龙兴出，废於皇，筑阁坛，拉寺院，建大殿，招和尚。龙兴寺里香火盛，缈缈熏烟盖都墙。皇城顷刻退居二线，中都名号闪亮登场。一代雕饰奇绝之帝都，慢慢湮没于历史河床。

喜哉，三中全会东风浩荡，剑英考古得以宣彰。中都为国宝之尊，保护遗址令出中央。全县上下纷纷响应，干部群众统一思想。迁住户，拆违章，修断垣，复城墙，浚城河，崛马皇④。考古纷纷落驻，昼夜发掘研商。首先打开午门，链接断垣城墙。申报国家非遗项目，遗址公园定位恰当。

看今朝，新城崛起，午门敞亮。皇宫内，名贵树木琳琅满目；城门外，花草纷呈满园清爽。牡丹花，玫瑰花，芍药花，花海灿烂；香樟树，茶花树，桂花树，四溢飘香；花鸟，白鸟，金丝鸟，园中争鸣；荷莲，睡莲，鸡头莲，花飘满塘。春色满园游人醉，拉丁月月花姿芳。

一代明宫震华夏，精美绝伦第一家。

秋来叶落满地金，枝干长存待春发。

六百年前壮丽阙，变成寻常百姓家。

深宫大院千千树，午门前后遍地花。

蜂狂蝶舞春常在，遗址公园铭藤茶。

湮没帝都思大明，万世根本庭后菹。

考古专家昼夜忙，恢复修缮续研察。

帝王之乡看凤阳，中都永存齐天下。

辛丑年初春草拟于中都鼓楼

注释

①东乡：即朱元璋出生地，在燃灯北5里之遥的小山岗上。

②方仪：确切定义为乾坤。

③陆河：即淮河别称。

④崛马皇：挖掘断横掩埋的马皇桥。

凤阳新歌

淮河汹涌起波涛，

古今齐唱凤阳歌；

十八颗手印开奇路，

三十年改革结硕果。

当年建立新中国，

稀饭统统喝一锅；

人人想着争救济，

哪管破落不破落。

三中全会暖心窝，

政通人和乐逍遥；

喜事件件道不尽，

无穷变化看今朝。

招商引资有奇效，

工业园区筑新巢；

千厂马达齐欢唱，

万囱炊烟对天歌。

产品堆山天天多，
效益逐年在提高；
购销两旺前景广，
品牌打遍全中国。

"三农"惠民万家乐，
农村变成小宁波；
徽派建筑楼新颖，
檐牙高挑真精巧。

村村通路真幸福，
产业结构普遍调；
新农村建设掀巨浪，
打工游子凤还巢。

谯楼钟声变音乐，
广场舞女有老少；
灯红柳绿放异彩，
歌舞升平万事和。

商场购物人如梭，
百货堆山琳满目；
价稳货优人心定，
市井繁荣歌如潮。

生态凤阳景点多，
奇山异水古城濠；
韭山古洞甲天下，
狼巷迷谷世间少。

明陵风雨起松涛，
龙兴晚钟报晨晓；
水母出在卧牛湖，
龙泉银杏结白果。

钓台春涨浮桥锁，
钟离城外观鱼苗；
花园湖里虾蟹嫩，
石英岩块变金玻。

人文凤阳在今朝，
花鼓小锣敲出国；
凤画飞进怀仁堂，
荷花灯会在淮河。

旅游盛节筑凤巢，
招贤纳士研科学；
齐心改变古城貌，
中外齐唱凤阳歌。

草于改革开放 30 年纪念活动的筹备会上

F

第二辑

赋 名山 名城

雁荡山① 新赋

移步凤阳，神游雁荡；人似脱笼之鹄，心如卷海之浪。预观雁荡之芦，览八景之盛况。备赏三折之瀑，览胜三绝风光。

瓯越雁荡，东南一壤。濒乐清湾之畔，临东海西麓而望，北看黄岩之桔，南眺温州机场。群山扎根于海底，百峰高耸于云乡，秀柏傲立于岩崖，洞府百怪千状。名胜多出灵岩，揽客全仗雁荡。古刹高僧云集，深潭碧水荡漾。巨湖坐落于山顶，秋雁群集于芦荡。林生葱茏之嘉木，地涌甘洌之清芳。无岩不层次分明，无洞不琉璃怪光。仙草生于峭壁，石斛长于树上②，遍山杨梅诱人，雁尖茶浓醇香。

瓯越故地，古风浩荡，海上名山，圣迹多藏。谢公运筋竹涧探幽，沈括涉足于初月谷上。徐霞客惊步雁湖之水，王十朋芙蓉山苦读成梁。文人聚，东坡往，一时诗赋横飞，千题歌咏雁荡。才有山奇秀，水清凉，百峰竞显，无限风光。纳列"三山""五岳"，名耀世界之行。

初临乐清之湾，忽听瀚海潮涨。惊涛拍岸，万千气象，晴空日和，景观百状。大海之美，斗不可量。

走进雁荡，云雾茫茫，左展旗，右天柱，拔地惊天，群峰独树，变幻无常。山雁荡，水灵漱，天流成瀑，一泻千丈。

去天柱，更有一番景象。飞人高空翻腾③，陡崖跳跃如长。云海身献绝技，峭壁沿崖直上。步天台，登险路，远眺白雁横飞。走摩崖，看奇景，举手糖崖箭往。穿岩洞，望独柱，全神贯注。走铁索，钻石窟，心情格外激荡。远方花田锦簇，最艳油菜花黄。

山之骨在于岩石，山之灵在于寺旺。山之秀在于林郁，山之美在于瀑长。

回首，方竹紫竹观音竹，虚实间杂。远望，东荡西荡大龙荡，景绝一方。云阁观，风洞方洞龙鼻洞，洞有乾坤。上云崖，灵峰金鸡朝阳峰，挪步幻象。大龙湫背水如巨龙奔腾，山巅之流，波涛汹涌从天而降，如狮吼虎啸，似银河奔放。千尺瀑布奇状万景，万仞云崖玉带飘扬。

灵峰之美，昼丽夜靓；泉声潺潺，蛙蟋齐唱。夜看灵峰，若金鸡迎旭日而高啼，像犀牛望明月而心荡。峰巅石猴观海，济公夜巡世赃。秀女偷情含羞，婆翁熹俏窃望。巨鲸夜幕喷水，两峰合掌成双。柱锥倒挂青蛙，金乌追兔逞强。夜景别致，举世无双。

雁荡多传奇灵秀卓然，独峰尽矗天变幻无常。崔嵬啸日，移步成像，诸峰之面多如刀伤。问苍天：秀柱是天赐还是做旧？雄峰幻影是何人所赏？答曰：春秋奇士试剑而山殇。欧冶子炼五剑越王有令④，其利断石，吹发毛丧。炼五剑，剑剑试峰；入深山，山山断肠⑤。雁荡独柱多多，欧冶子五剑名扬。

雁荡，雁荡，迷人之乡，气候宜人，举世无双。冬无严寒，夏绝热浪。花开乱季，唯有春长。是鸟的天地，是雁的故乡。氧离子高达数万，流纹岩泡遍山梁。世界地质公园，自然生态之洋。华夏康健之诊所，天然罕见之诊床，中外客旅纷纷而至，天下氧吧谁不向往。

丁酉年深秋草于雁荡山

注释

①雁荡山：即"三山五岳"之三山之一。

②石斛长于树上：石斛应该长于山崖石壁上，可现在人们把石斛嫁接到树

上，为人工石斛。

③飞人高空翻腾：飞人在二山之间的钢丝绳上下翻腾，下边是万丈深渊，可飞人步履如常。

④越王有令：越王令欧冶子炼五剑，必须削铁如泥吹毛断发的利剑。

⑤山山断肠：欧冶子炼剑成功到山里试剑，故将山都砍为柱状。

昆嵛山赋

莽莽四海水，浩浩胶东岛；巍巍昆嵛山，阵阵赤松涛；崇山叠嶂峭危岩，云崖崩峙峦巍峨；伏涯百里奇景出，泰砖极顶指天高；巅端之处亦有井，九龙飞瀑似带飘；彩虹腾空流光鳞，置身云海境幻渺。

见蓬莱迷人之仙境，观踏浪过海之果老。瞩黄渤水分一线，看长岛海上飘摇。玉皇顶铁炮依旧在，瞧不见当年振远号。

勃勃昆嵛系太皇，立峰顶遥对泰崂。西邻乐爱万般景，东眺日韩虚缥缈。孤山峻绝直指天，峭拔奇石穿云涛。刘公岛矗威海独屿，举慧眼今古观海潮。问苍天，甲午勇士邓世昌何在？仿佛听炮声隆激战海礁。文登山连三市独仰昆嵛，苦菜花传华夏稿出半岛。无染寺，岳姑寺，峰峰有寺；仙翁石，飞来石，石石寡雕；道德经，全真经，经经传世；妈祖殿，神仙殿，殿殿风镐。

盛夏浓郁蔽日，清泉淙淙听流潺。万林翠叶葱葱，高耸入云是水杉。金秋菊花怒放，满山层林尽染，千载银杏果硕硕。衰叶飘零凄凄然，隆冬白雪皑皑，冻雨满山，七十二峰竞妖娆，冰封千里万山寒。仲春之际，山花烂漫，花渡沁河铁树茂，古柏照松绿满山。低首南观，笔架山似笔架，高耸入云，等待仙人，泼墨举毫，凤舞书丹。卧虎山，虎生威昂首啸天；卧牛岭，横卧牛体态闲傲。快活岭野鹤闲逸；神仙殿宫熙儒真成半仙。古墓藏遍牛腹星罗棋布，凸墓顶似天坛曲雅非凡。祭祀区彰祖德阔呈宫型，跨公路水潺潺小河弯弯。

惜哉！农业学大寨人定胜天，青石板上造梯田。古墓群统统推倒，垫土三尺墓埋深渊。名为种粮实长荒草，雅朴墓群再不见天。庚子年灾情重疫毒横行，宫英君捐巨款将古墓修缮。取厚土挖旧石重现坛穴，请工匠精修理古墓复原。疫情灭举仪式族人集祭，古墓群见天日再显旧颜。

叹人间有多少巨宝深藏入土，封存无数历史风镐宫氏墓群，典籍珍贵，记载元代历史天骄。墓里有元朝领兵元帅宫爱，茔中存无数元代文武功曹。有参事，有侍郎，有左司，有枢密，有后卫，有太保。西北角烟雾神锁，东北拐墓碑聚焦。记始祖，生太原，幼读儒书；入冠后，历五代，战火普烧。举战旗，开周疆，出生入死；周主宠，战功显，爵位赫赫。

周天子重用之臣赤胆忠心，大宋兴君隐此修仙得道。太祖请君不住人各有志，弃高官做隐士二主不保。修道念佛，研《易经》废寝忘食，出神入化得真招。精髓是修身养性远争斗，远离红尘脱态换骨。昆嵛山，辽半岛，胶东屿，美誉如潮。惊朝野，京师传，宫氏神仙。振华夏，万人慕，盛名鼎浩。

宋太祖，闻其名坐卧不宁。再起驾往辽东亲察半岛。认故臣称老友谈天说地，叙旧情令熙如再入新朝。君推却不愿往叩头请赐，表心声称自己只想修道。太祖赐活神仙挂上贵匾。试其真，回鸾驾任其逍遥。坐禅房，医民疾重做善举。修大殿，传真经四海名噪。

软枣林，仰昆嵛与日月同在。

宫家庄，寄辽东传宫氏后苗。

昆嵛山脉昆仑环海高峻莫及。

天下景人间道当数胶东半岛。

庚子年五月草于昆嵛山下软枣林古墓群旁

古墓重见天日的祭祀大典上

小汤山培训微赋

九九日缅毛公①天地同鸣，小汤山入云霄周身是雾。石家庄与首都遥相呼应，正南方卧长龙原是高速。

然，新华培训基地，垂柳争相竞秀，别墅隐于竹林，飞鸟莺于千树。吊兰昂首攀窗，菊花怒放各处。池塘百媚为谁？荷花含苞带露。蕊心淫贼何物？蜻蜓吻唇倒竖。赤楂压枝诱人，凉亭陌然酌驻。四面八方墨客文人齐聚，五十六位才子②赏月共度。

导师传经鸦雀无声，学子听课全神贯注。论天地，解四海翻腾之风云。谈古今，释中华优秀之宝库。鼓正气，延汉辞之盛世。吹新风，继大唐之诗赋。高研班，共讨华夏之瑰文。培学子，创作世界之美著。

噫嘻，孔子复回又当如何，圣贤仅是叁拾有陆。闵公麾下③雄才辈出，辞赋精英五十六宿。

喜哉，师传辞赋之精华，深解名赋之出处。教范文，点名著，洛阳纸贵。曹子健，刘禹锡，司马相如。高研班学子思如泉涌，纷纷举笔龙飞凤舞。创小辞，书写社会之美好；作新赋，描绘山川之俊秀。廉洁自律，树干部之形象；克己奉公，育合格之公仆。反腐倡廉，纯孺牛之政党；科技强兵，建高端之军务。高瞻远瞩，唱祖国强盛之歌；放眼世界，开全球战略"一带一路"。

挥毫彰显泱泱大国之典范，奋笔疾书巍巍中华之伟著。

华夏精英共聚一堂，开创当下全新之赋。

注释

①九九日缅毛公：毛泽东逝世之日是 9 月 9 日。

②五十六位才子：即全国参加培训的只有 56 人。

③闵公麾下：闵公指辞赋大家闵凡路。

宝峰岩赋

　　天赐江南景万千，不及古村宝峰岩。宝峰之地精妙绝伦，宝峰之景别有洞天。泉生腹地，腰挂泉川。

　　宝气凝聚，仙雾罩山。一瀑悬空飞出，九龙曲瀑飞濂。宝峰相峙而立，坐东面西而观。浅池凝碧于宝峰腹部，终日钙化层层梯田。

　　奇山异水，古树参天。曲径盘亘，雨雾珠帘。山花遍野，溶洞密岩，溪水清澈见底，丽景秀甲江南。

　　宝峰之域，坐落天然。背靠崇山峻岭，怀抱层层梯田。左揽九华群峰，右挽美丽黄山。青弋江涛擦肩而过，踏歌之声响彻耳畔。万家酒店高朋满座，千溪百汇桃花深潭。西眺远山近影风景如画，秀里藏美幽谷回环。云峰浓结藏圣贤之气，禅坐峰顶观彩霞满天。东去之水逆流西奔青弋江，左道右佛渠合一处溪流潺潺。

　　宝峰之史幽远，宇宙鸿蒙兮喷发浆岩。日月苍穹兮青山矗立，彪丙古迹兮熔洞千千。泉流不息兮冬夏不止，车水汹涌兮泉出仙源。万载泽润兮宝峰之民，四季浇灌兮烟村良田，三圣齐聚兮霞光万道，白云缭绕兮仙气弥天，曾引无数骚客，留过唐代诗仙。隋建灵岩寺香火特旺，元筑幽隐观引信女善男。闻天祥办教育不惜钱财，震山书院传为历史美谈。清翰林御史赵清黎，于此留下千古赞叹。王稼祥于书院读过"五经"，新四军于此避过大难。

宝峰岩山川俊秀，白云蓝天；游人踏青，忘返留连。移步换象，阶台景变。左桃右李鲜花怒放，野卉四溢香飘塞涧。茉莉花、玉兰花洁白高雅。映山红、杜鹃花赤中透颜。松涛阵阵，好似万马奔腾。水流潺潺，仿佛动听琴弦。百鸟争鸣，唱抒情之歌，溪鱼漫游，显快乐无边。榕树水中矗立，留下美丽的传说故事，楝树浴瀑临风救过乡民万千，古薜立一根分俩叉，三人合抱不够其圆。生峭壁、立悬崖仰首西顾，迎风雨、顶霜雪历经千年。百姓视之为图腾，先辈奉之为神仙。

噫唏宝峰岩！潭谷洞府，钟乳奇缘，幽涧回眸，怪石矗天，宝气凝结，光明无边。神奇若仙天世界，丽景赛王母花园。江南小九寨，当数宝峰岩。

2019 年初夏草于中都鼓楼

相山赋

乾坤朗朗，濉水泱泱；巍巍相山，今古绝唱。

青龙①烈焰升腾昂首对天咆哮，豫碑伟岸②承载英烈千古名扬。万顷黄涛飘逸过海之八仙，高祖祭天斩蛇举兵于茫砀。渔沟奇石乐声脆，虞姬舞剑别霸王。相峦逶迤，接徐山之余脉而耸立；濉水萦回，绕相城浑似青萝之障。隋堤烟柳常听帝绰之歌，牛背短笛乐声随云飘荡。

悠哉相山：夏相城，秦泗水，西晋为沛。南朝郡，隋濉州，临涣归唐。炮声隆，血成河，此属豫地。三山倒，列为市，淮北启航。

相山，林海葱茏，柏翠松高，境优秀美，濉水滔滔。染六十万兵丁之血，霸王以三万之寡，破釜沉舟打败秦朝。相庙，龙虎相对，奇峰异崖，云雾茫茫，日沐朝霞。相煤似地下之海，乌金奔放纵横天涯。工业重材，国之宝匣。

登峰远眺，朝气升腾，汴畅渠开③。低头便见，濉水八观，十景丽靓。

惠我南黎，引人入胜；九峪云封，荡气回肠。

白云洞，牛鼻洞，洞洞出神入化。奇云峰，叠翠峰，峰峰皆有幻象。奏鸣台，钓鱼台，台台故事动人。古银杏，老相树，树树各有风光。

相山生豪杰之地，相土出文武之帮。徐防位立三公因天灾而被革职，刘弘军功卓越提升大沛之国相。薛广德悬其鞍车以传子孙后代，桓伊战功赫赫却作"三弄"之章。隔壁醉千家天生刘伶歌《酒德颂》，七贤士最佳，《广陵散》万古绝唱。东方朔生相城堪为一代天骄，傅友德七战七胜称大明虎将。

昨日相山，烈焰煌煌；毁帝制，群雄并起；闹革命，黄淮火旺。小朱庄"泽被长淮"，战淮海运筹文昌。男推车，女做鞋，支援前线；老出智，壮出力，打仗扛枪。中共三战三捷，蒋军退居海疆。天安门宣告世界，新中国屹立东方。

噫夫挖金勇士入地翻浆，开矿铁汉井架天梁。涛涛煤海流往天涯海角，滚滚热能照亮夜幕之乡。古庙会迎来十省之商贾，口子酒行四海而飘异香。临涣街铺青石古朴典雅，棒棒茶入杯结顶红润芳香。打陀螺，做陶壶，捏泥人，陶瓷画美；耍旱船，玩狮子，唱端鼓，唢呐悠扬。淮北大鼓誉响淮海，盖三省之戏当数拉魂腔。

今日相山，无限风光；大美淮北，万千气象。峦秀峰青之山，濉水碧波荡漾。荒草丛生之区变为葱郁绿洲，破烂马路拓得宽阔而丽靓。煤雾满城变为蓝天白云，暴热秃山眨眼林海茫茫。满地污水都成花海长街，居民老区凸起高楼万幢。塌陷水域成为休闲美丽之花园，荒丘野湖变成鱼米之乡。废弃之物成为珍宝，再生之品循环精良。轻工食品走向世界各地，"乌金"变成国家储存之宝藏。旧煤城换新貌似涅槃之凤，新淮北赛明珠如腾飞之凰。

淮北，白云缭绕空气焕然一新；相山，蓝天碧水事业蒸蒸日上。淮北，政通人和充满朝气；相山，千秋古脉地久天长！

草于淮北余风活动现场，原发表于《淮北日报》

注释

①青龙：独指青龙山。

②豫碑伟岸：指的是淮海战役人民英雄纪念碑。

③汴畅渠开：指汴河通畅，"渠开"暗指水利专家刘开渠。

涂山赋

荆楚大地，秀甲宇环，栾生一脉，荆涂二山。涂山者，原名当涂[①]，俗名东山。千年溯旺，寺建西汉。山势险峻，峭壁奇岩。昂首苍穹，拔地通天，层峦嵯峨，古树参天。揽物华天宝，拥万亩桃园。左擎珠城，右挽怀远，南观郢都，北眺中原。抱天河，携荆山。握玉璧，酿乳泉。日生辉观峻岭之奇，径竹琼玉凝叶斑斓。翠柏宫外遍矗，银杏惜称银仙[②]。古道蜿蜒崎岖，攀临如登青天。群峰收于眼底，环峡石于林间。淮河旋涂直奔长江，浩瀚之水波浪滔天。

亘载涂山，地久天长，万年太久，屹立楚疆。鲧王治水而筑坝阻流，使洪涛泛滥成灾而被杀。禹王治水集诸侯于禹会，正军令斩防风于涂山旁。三过家门而不入，妻儿倚涂山而望[③]。巨洪从天外飞来，出桐柏，风野咆哮，声震荆涂，直逼楚疆。大禹举斧，劈开两岸青山，泄洪疏浚，迫孪生隔河相望。

禹王宫又称涂山祠，殿宇雄伟古迹空前。刘邦兵镇英布路过怀远，闻王宫亲登其峰观览。登大殿，仰大禹，治水之功而钦佩万千。令刘长建功德庙于涂山之顶，香火特旺永绕当涂之巅。曹操征袁术于此写诗作赋，并将庙名改为天庆观。狄仁杰除淫祠毁庙千座，唯涂山禹庙独存巍然。明万历增建钟鼓二楼，前后五进分为十殿九院。内有名人诗句，门书苍劲横匾。空山垂四壁，古庙独千年。规模宏大，巍巍壮观。

登涂山濒临四望，张公宝塔高耸云端。动车如众龙群舞，腾飞于万水千山。

观五河五河纵横，缥缈于当涂眼前。河河波涛汹涌，东归瀚海一路狂欢。汴河洞赖石琢玉玺④，珍稀石榴岁岁贡天。白莲坡贡糯赛玉米，金龟藏于白乳泉⑤。楚都隐隐，八公横断。乌金深埋谷底，仙洞藏过李岩⑥。见涂山白云缭绕松涛阵阵，坡崖上翠竹悠悠咬定青山。千载临风之，禹王庙，云中宫阙凌空高悬。

神奇涂山，地灵人旺。桓温一代君主，桓荣东汉儒将。彬之文与蔡邕齐名，蒋济乃曹操腹将。花云生在涂山下，鄂国公⑦出自龙岗。三省巡抚宫兆麟⑧，断案如神誉八方。夜观万灯都觉墓，九龙世泽林之望。宫尔铎喻涂山高莫及，李永德曾坐化于东山上。唤鸡楼⑨遗址尚存，此处当年出过凤凰。启母盼夫痴心不改，上洪下洪永载冤枉。圣泉，灵泉，白狐泉，泉泉有神奇的传说；启殿，禹殿，吕祖殿，殿殿彰显历史辉煌。光阴如淮滚滚东去，禹庙兴衰徘徊无常。唯有涂山不老，青松永做友良。

今日涂山，沐日月之灵气，浴星辰之精养，借白云之掩映，得宇宙之华光。梵音萦绕，炫目佛亮。万树吐绿，千竹回荡。银杏果熟，百鸟品赏。结浓雾之奇观，吐百花之郁芳。看五河历历在目，望菊园花海汪洋。龙子湖景美丽如画，怀远高楼千座万幢。云卷云舒云长在，年年月月记沧桑。巍峨当涂存万载，永记劈山治水王。

辛丑年春草于上海闽杭

发表于《蚌埠时报》淮河副刊上

注释

①原名当涂：涂山原名当涂山，早在《水经注》有明确记载。

②银杏惜称银仙：相传先有银杏后有山，大禹问结几千年，故称之为仙。

③妻儿倚涂山而望：大禹治水三过家门而不入，妻抱子坐在山腰上盼夫归来，后变成巨石，曰盼夫婆婆。此石尚在。

④赖石琢玉玺：传国玉玺是卞和洞出土的一块赖顽雕琢而成。

⑤金龟藏于白乳泉：怀远白乳泉，原泉水如乳，故曰白乳。泉内藏一金龟，后被日本人将金龟盗走，从此泉水枯竭。

⑥李岩：唐初李渊的参将。

⑦鄂国公：明朝大将常玉春。

⑧宫兆麟：清朝的封大吏。

⑨唤鸡楼：传说怀远有只凤凰向东南飞去，人们为了让凤凰重新归来，就在凤凰飞走的地方盖一座楼，曰唤鸡楼。

凤凰山赋

三月韶华，沐浴春光，走读凤阳。聚焦消防，借机登临凤凰山。美景尽收眼底，遍山林深木秀。草绿花香，举目四顾，坡冈延绵，山峦叠嶂，林壑幽美，百鸟欢唱。因情景所致，决定撰写《凤凰山赋》，以慰怀乡之情。

艮方宝地，启凤腾祥，亘古之山，人称凤凰，群山逶迤，起伏为冈。百丈岩崖缠玉带，千寻古谷踏寒霜。悠悠万世，浩浩穹苍。尘埃之中琴音袅袅，阶石之上迹留商汤。承春秋之古韵，延汉唐之遗章，续宋祖之文脉，开大明之宏疆。暮览江淮之风云，朝吟古今之典章。抱皇城而登南山，挽淮西而携明光。俯瞰皖东之无际，凌耸华夏之九阳。八方通衢而接踵其足，脉动四海而跃龙飞凰。

若夫山者，其态如凰。立钟离之西塞，耸郢都之东乡，拥万仞之气质，树四海之胸腔。枕淮水而千里横弦，坐玄武而凤翥龙翔。凝聚皇储之气度，脉启腾龙之兆象。凤凰展翅，独山，九华，月精峰形傲千山；九州神鸟，芦山，承山，马鞍山态冠群芳。凤凰嘴①，直指龙蟠；凤凰眼，溪泉流长。明皇陵为凤凰点穴之地，县官打坑天葬太祖爹娘②。朱元璋从军身经百战，终登九五宫阙定为凤阳。

凤凰之阴，郁郁苍苍，佳木翠蔓，草虫惊凉。风声靡靡，诚呼伯牙来兮③；高山流水，皆奏子期先亡。三山不出头，淮水背城流。右有世子坟承明之气韵，左是汤和墓继大明臣纲。典台祭天地，方丘变粮仓。琴音路，伯牙路，子期路，路有古韵；龙子湖，伯牙湖，镰刀湖，湖有旧章。方丘旧址依稀可见，辽阔滨湖为国有农场。百年复烤呈现繁荣之景，古镇纵横汽笛四面皆响。看老城，逛新城，大明紫禁城，城出新貌；门台园，科技园，玻璃产业园，购销两旺。大美之地，野雉拖尾而行；秀林之中，飞鸟纵情歌唱。大青郢高楼林立，小青郢马达轰响。古镇百年秀，盛世赖凤凰。

凤凰之阳，风清月朗，繁花似锦，万千气象。旭日初射，霞光掩映，双展凤翼，太空翱翔。皇城根基凤毛麟角，宫殿凸起丹凰朝阳。冬去春来龙兴地，沧海桑田叹明皇。惊天动地造宫阙，规模华丽世无双。废都堙没六百载，不见当年朱元璋。

登銮顶一览众山小，览胜八面看凤阳。武店龙窝，商贾云集，千年古柏，叶茂郁苍。当年仁贵拴马树，一度生过快活床④。蓝色淮河，绿色长廊。红色旅游，风采小岗。干部摇篮，誉满四洋。韭山仙洞，迷谷狼巷。明陵风雨，石雕林立；龙兴晚钟，声震四方。

踩祥云忆古览今，隐约见华丽宫阙，巍峨古朴雄壮。午朝门明三暗五，护城河掀波起浪。三大殿规模广大，东西宫金碧辉煌。金水桥七孔惊现，盘龙础举世无双。古城墙气势雄伟，阔域展万顷之疆。城根雕饰多奇秀，瑞鸟海马云奇祥。古墙砖皆有字号，州县之名特别清爽。

今朝遗址公园，紫禁城内花团锦簇，桂花香樟满目琳琅。大街小巷婀娜多姿，如意河畔曲径回廊。南中都，北玄武，府城居中；东鼓楼，西钟楼，云盖弥彰。草青林秀花世界，布局新颖换旧堂。孕未来美伦新市，复中都锦绣华章！

亦夫凤凰山，其美以形兮其丽以羽，其雄以姿兮其壮声昂。而山之幽以水，山之奇以峰，山之怪以石，山之秀以林，山之美而竹广。凤凰山神形皆美，龙脉载中都凤阳。

乐夫城之渊以亘，城之久以史，城之名以人，城之精以书，城之魂以文。凤凰山名出其形，中都城伟誉在明皇。子期沉睡鞍山麓，盛世如局龙腾祥。万众一心创新城，再现宫阙请元璋。

壬寅仲春草于凤阳中都鼓楼

注释

①凤凰嘴：单独一座小山形同鸟嘴，人称凤凰嘴。

②县官打坑天葬太祖爹娘：传说在皇陵地带，有县令探亲路过这里，发现有凤凰，县官想凤凰不落不宝地，于是就借来铁锹在凤凰落地的地方开始挖，结果挖了一个大坑也未见宝，正好此坑就埋葬了朱元璋的爹娘。

③伯牙来兮：传说俞伯牙和钟子期的故事就发生在凤阳马鞍山下。

④快活床：当年薛仁贵征东马就拴在这棵树上，因没法睡觉，古树自动伸出一枝当床。此枝如床供薛仁贵睡觉，后人称之为快活床。

陶辛荷莲赋

国庆前夕，挚友桑榆先生邀吾出席创作室揭牌仪式，随穿合肥，过巢湖，不负友望，何公①背酒奔马头，喜迎知故，推杯换盏敞心扉，笑饮排档。登新桥，览长江，心潮澎湃，望泊船多如蚁来来往往。下海关，溯历史，芜湖雄伟，墙壁上名画悬潘氏玉良。观罢景同奔友处，去陶辛，赏荷莲，群贤共欢一堂。

喜踏江南域，满眼是水乡。登斯芜湖三桥②，遥举浩瀚长江。聆听海关趣事，略知潘氏玉良。入陶辛古镇，观无边荷塘。友设秋宴于蒙古包，精布玉果于荷莲旁。气氛弄人，文思随涨。举笔草陶辛荷莲赋，哪管名流巨贤在旁。登场难回，出丑也章。

中秋将至，昼短夜长，斗柄钩西，金风送爽。繁星不虑高低而均匀，皓月不因贫富而发光。过西河古镇，已景醉梦乡。继踏陶辛之地，满天丹桂飘香。千年古水系，纵横井字样。坝合呈四壁，万口荷花塘。俯览龟背文理，远看八卦图像。池中之荷，气馥兰香；千叶齐敷，影斜红裳；绿碧倚盖，翠葤③莲房；沙响而磨，嫩蕊摇黄；纤柯婆娑，花炫新妆。贮盈盈之真色，泛苒苒之天香；披霞光则映日生辉，沐风雨而玉立清爽；倚风台而欲舞，覆翠波以熏香。擢修榦于波澜，结芳根于泥床。出淤泥而不染，久驻其水腹中干畅。压重不挡其钻，体清净而增凉，藕断随出丝连，花谢续得莲房。

传说并非无影，奇闻也非造谎。陶辛之荷出自三国，江南传得纷纷扬扬。江东兴而周瑜毕，三国统而东吴亡。小乔避乱而隐陶地，埋名隐姓于荷莲旁。思夫君而昼夜哭泣，泪变莲朵白艳流芳。

又传陶莲出自宋代，渊明后裔眷恋水乡。筹资筑坝而四合，十纵十横而为纲。按八卦玄机制景，划池千口而为塘。陶公种荷植藕，修亭小酌纳凉。凭见荷花居畔，玉面红颜尽尝。菡萏④体露婵娟，洒脱悠然自芳。顺地势以独雅，应天时而轻妆。采莲以为曲，制荷以为赏，凭栏临翠微，把酒对苍茫。

若夫！大千画荷以重彩，乐天寄莲于意长。张中浅淡笔墨画败荷，徐渭水墨淋漓酣畅。莲藕有不变之节，莲花驱百卉而独芳，莲叶见水而滚露，风吹时卷而摇晃。莲蕊清心而润肺，莲子各占深宫之房。清空而气灵，莲洁而自芳，食之滋阴健脾，观之神清气爽。

千年古陶辛，万载青弋江。香湖岛波光潋滟，胭脂渡游轮轻荡。翠堤春晓四季宜，水杉幽径映荷塘。群贤毕至陶辛域，车遇百里转画廊；艄公一声长号，舟行千年水乡。入眼皆是古韵，盈怀尽书荷香。美师画莲多入神，墨韵随思而往。

今日陶辛之莲，品种竟达百项。睡莲，雪莲，千瓣莲，风情万种；白荷，紫荷，桂花荷，洁静丽靓。藕虽一色，花颜异芳。各显风采，覆盖荷塘。妙手烹饪以荷藕为食材，推出菡萏宴彰陶莲风光。佳肴让人眼花缭乱，色润味美满屋飘香。

陶辛水韵，艺术七房。打造科技休闲示范园，引中外游客览胜观光，五届盛会耀陶荷之重彩，陶辛美誉远播五洲四洋。

辛亥中秋看陶辛荷莲有感作赋，草于中都鼓楼，整于寒舍

注释

①何公：著名作家何更生。

②三桥：芜湖长江大桥，新造三桥当天开放，何更生万年之兄请我观摩新桥风采。

③茚：古书指"莲子"。

④菡萏：荷花的别称。

信阳赋

重阳佳节九重阳，移步中都心激荡。群贤毕至春申地，应邀前往看信阳。那山、那水、那林、那氧，迫你挥毫，催你思张。我虽不是大家，哪管文腕在旁，出丑不分其地，壮胆辞赋信阳。不惧方家点笑，举笔草率书章。

信阳古城，地老天荒。申伯封邑地，秦时为义阳。楚风承启汉韵，华夏位立中央。湖北北，湖南南，南北分水标志，气候变幻无常。城中山，山中城，移步多景陡出，其美好似天堂。山南春意盎然山花烂漫，山北寒风刺骨舞雪飞霜。奇山怪石，瀑布流泉，九峰叠翠，湖浩泱泱。雾凇云海，林壑深秀，山水环抱，十关朝阳。登峰造极，白云朵朵，亦卷亦舒，鸡公隐影，风吹呜呜，覆盖弥彰。

景观信阳，地域别样。一吼三省动，气脉通八方。千里大别山，公鸡举头唱。滔滔淮河水，激起千层浪。暑时淡热，气温偏凉。素律气清，银杏飘黄。冬至雁聚，天高地迥，仑灵草复，燕莺歌唱。上栋浮紫气，喜柔调春芳。山绕绿城城砌玉，城里碧水水飞扬。看南湾湖面，水连无际，浩渺苍茫，晚霞辉映，渔夫收网。眺金刚台峻，奇峰耸天，怪石嶙峋，无限风光。

人文信阳，才俊古芳。潢君宫遗址依稀可见，残砖破瓦落于高台之上。潜龙井井中潜龙，朱元璋遇难身藏。古井救驾传百世，引得墨客书华章。汉朝文吏司马光，文才超群美名扬。幼小睿智崭头角，灵动救童砸水缸。叔傲治水，通衢河道，造福百代，泽润信阳。

好客信阳，彪悍直肠，情真意切，热情豪放。客来茶当酒，酒满待客。兴至酒作茶，侠肝热肠。毛尖沏茶茶味浓，润口滋醇味道长，闲暇品茗心清静，茶雅方思毛尖香。

噫嘘：浉河八景，彩桥夜煌，舞曲声声，红歌嘹亮。寻根圣地，三省连窗，将军故里，红军摇床。

北国江南，秀丽信阳。湾湾古潢河，两岸稻花香。风景独处哪最美，唯见新县最优良。田埔湾，田牛旁，青龙岭下好风光。悦心池池水碧绿，红驿站站有石桩。小桥流水潺潺，青山八面屏障。

曾记否？这里是鄂、豫、皖革命老区，黄麻、商南、六霍起义的地方。当年这里家家是红军，户户献军粮，村村有烈士，忠魂遍山岗。红色"三军"诞生之地，一百万人捐躯战场。刘、邓在此留下战斗足迹，谱写气壮山河之红色篇章。

白毛尖首建烈士陵园，庄严典雅巍峨轩昂。忠孝大将许世友，祖居万紫山麓面朝阳。土坯墙体裹青砖，依山傍水龙脉昂。王光英亲书"将军故居"，朱德题"革命烈士纪念堂"。

将军故里古树临风垂倒影，风水宝地背靠青山出名将。

露营公园，森林辽阔，古树参天，万鸟鸣唱。山隐云间，林耸雾央，流声悦耳，万千气象。北国江南之美誉，红色旅游之梦乡。

气派信阳：连康山、西大山、金兰山，山山峰雄怪石奇绝。九龙瀑、娃娃凼、西山瀑，瀑瀑恢宏雄伟壮观。金兰湖、白龙池、玉沟湖，湖湖碧水倒映琼钩。连康溪、林壑涧、九龙溪，溪溪水草深秀如兰。山风起于西，流云散于东，南花北雪，气候天然。

看今日之信阳，惊天动地，变化万千。开拓进取，攻坚克难，革陋创新，布局绝配退烟雾而见蓝天。破旧之城，浴火重生凤凰涅槃。楼在绿中，人在画中，乐尽其间。山水如画，魅力无边。抬眼是景，五彩斑斓。优美绝赛苏杭，胜似世外桃源。

南湾湖，烟波浩渺，水鸟嬉戏，风光旖旎，游客弄船。

鸡公山，云涛雾罩，怪石嶙峋，佛光普照，瀑布流泉。

露营园，林木森秀，古树参天，天然氧吧，养身休闲。

纪念堂，陈列烈士名讳，字迹金光闪闪。保存英雄珍贵遗物，珍藏重要历史文献。

大街上，红歌此起彼伏，多穿红军服装，信阳有志之士，讲述历史沧桑。

校院里，军徽闪烁，军号嘹亮，尽是红军青年，阔步在长征路上。

信阳，是永久红色旅游胜地。

信阳，是北国边陲秀丽南江。

信阳，你的未来更加风光无限。

信阳，你的明天更加壮丽辉煌。

此赋刊登于《信阳日报》副刊

庚子年秋草于全国大家看信阳活动重阳夜，整理于中都鼓楼

青弋江与桃花潭

　　蓝蓝的青弋江，深深的桃花潭；东水西流，曲折多变。巨波汹涌澎湃，涛声洪壮震天。清水，冷水，泾溪水，春暖水涨；川河，溪河，孤峰河，百汇成川。人人都说江南好，丽景果然甲江南。中外游客纷纷而至，人海如潮声震潭畔。

　　滔滔青弋江，秀丽桃花潭。借古人之遗韵，造朴雅之人间。聚山川之灵气，凝日月之精颜。仰天然之秀林，仗奇葩之温泉。展三雕之特长，拓江南之霞染。青弋江皖南之传奇，桃花潭华夏之景观。

　　意嘘！那里有青山绿水，仙阁林间，东园古渡，春秋墨翰。

　　有李白醉卧的彩虹岗，有汪伦送别的踏歌岸。万鸟齐聚的白鹭岛，深藏奥妙的玉敦渊；夜景迷离的九曲桥，明月倒映的桃花潭。美景如画，天成自然。

　　忆嘘！穿越历史的尘埃，追寻时光的昨天。大唐诗赋鼎盛日，李白遨游敬亭山。豪绅汪伦听其风，盛传诗仙踏江南。至诚邀与李白会，书札相传竟千年："先生好游乎！此地有十里桃花；先生好酒乎，这里有万家酒店。"喜哉！万家酒店，引来大唐诗仙客；十里桃花，汪伦厚谊留千年。

　　李白欣至桃花潭，王伦纳客如待仙。"十里桃花今何在？万家酒店怎不见？"

　　"桃花潭皆十里桃花，万家酒店店主姓万。"李白大笑吟诗赋，相聚无处不飞颜。难解难分瞬月余，依依不舍竟忘返。辞别之际，踏歌送还；汪伦挥手，李白动感；此景此情，挥毫成篇："李白登舟欲远行，忽闻岸上踏歌声。桃花潭水深千尺，不及汪伦送我情。"

亦嘘昔日桃花潭畔！空旷沙滩和山林，天然美景唯天成。缺文雅书乡之灵气，少空前绝后之商城。四君子①抓住商机，开发文旅之机能。纷纷于潭畔筑巢，依山傍水铸景魂。徽派建筑，蜂拥而起，沿江而建，傍水而生。游人居此枕山而睡，依江而眠夜听涛声。晚间推窗便见玉兔悬挂于天际，晨起笑迎一轮红日冉冉东升。江边风清气爽，山下林竹秀深。江雾如纱，静听涛声依旧；万鹭齐聚，森林百鸟争鸣。

几年卓越之拼搏，此处变成人间仙境。文人往而不绝，墨客络绎丢魂。引得名馆诗社纷纷飞来筑巢滴穴，雅士贤者舞墨挥毫栖终身。别有动天青弋江揽招中外游客，风光无限桃花潭休闲度假拴游人。真可谓：山水雅居皆为汪伦生此地，闲云馆舍都是李白引文风。

秀丽的黄山景，汹涌的青弋江；澎湃的太平湖，喧闹的彩虹冈。右边是历史悠久古村落，左边是巍峨耸立古牌坊。大家名苑，春秋写意，龙飞凤舞，翰墨飘香。诗意山水，人文相逸，远山近水，仙境神往。置身其间，可品徽乡各色美食，可赏名家书丹画廊；可观百年蓬勃老树，可看世界戏剧舞场；可听江南风情小调，可见民间龙舞飞扬；可鉴徽韵文房四宝，可浴天然温泉浴场。桃花潭借李白之神韵，展徽派之风光，聚天地之灵气，集人间之精匠。成就自然与人文为一体，再现了仙潭与旅游为一章。

喜嘘！千尺桃花系真情，万载古渡传至今。汪伦不寄李白信，哪得厚谊踏歌行。桃花潭风景如画，《送汪伦》千古传吟。这里是精版的西双版纳，这里是人间的世外桃林。汪伦的深情引来千古诗仙李太白，厚谊铸就文蕴卓然的踏歌吟。万家酒店依然在，桃花潭水千尺深。踏歌传唱千百载，不及汪伦送我情。青弋江景有多美，桃花潭情有多深。有诗为证：

群山逶迤雾满天，青弋江涛绿如蓝。

桃花潭畔景如画，轻风吹拂柳如绵。

徽派建筑沿江起，林壑深秀依山眠。

晨起万鸟齐莺唱，夜静温泉生紫烟。

万家酒店宴李白，彩虹岗上卧诗仙。

汪伦墓畔千千竹，桃花厚谊系圣贤。

此稿原名《桃花源畔景与情》，刊登于《安徽文学》

壬寅初春深加工为赋，草修于凤阳中都鼓楼

注释

①四君子：冯骥才、何家英、韩美林、宋雨桂。

天柱山赋

初冬季节，百草凋零，满天云雾，重山隐隐。随综治考察团长途跋涉，工作之余兴登天柱峰，览山水，看云动，眼望交错岩崖，面对苍松白云，举笔作赋，以慰已情。

物华天宝，人杰地荣，誉饮天柱，万岳归宗，柱立江南，峻峨辉雄，奇峰怪石，柱高云封，雄以九苍，群岫之尊。神工洞府，峰耸万仞，天下之脊，直指苍穹，峻岭蜿蜒，树古林森，移步换景，毓秀天成。

青山怀秀，天地之灵，绕树山岚，卧虎藏龙。山因形隐而呼潜山，峰似刀削而谓柱峰。皖公德政绩显，呼皖山以祭德人。皖山、皖水、皖国皆为御赐，百姓为纪皖公而更改山名。汉皇驾巅被朝拜，万岁山又更潜山名。汉武帝皖山设祭台，倒拜南岳七十峰；赐名中天峰一柱，南岳中天得美名。

人文天柱，蕴藏邃远，风物盖世，古瀑水濂。名噪皖南胭脂井，倒映过二乔之芳颜。李太白诗吟天柱景，黄庭坚泼墨留佳篇。苏东坡点石成金，发誓终老天柱岩。张恨水一点不成冰，程长庚徽班赴燕山。黄梅一曲唱天柱，陈独秀长卧月牙山。

伟哉天桂，秀丽江南。千峰似削，直指苍玄。南扼长江水，西擎大别山。七十二峰拱卫，三十六洞居仙。飞来峰扶彩云飞去又飞来，登天蛙观晨景旭日冉冉。临天池遥望瀑布，越九井奇谷深潭。悠悠之声赛天籁之乐，神奇谜底覆盖数千年。宕壁之中生龙松，瞬间已过五百年。囚龙松，龙囚峭壁；龙爪松，五爪对天；虬龙松龙角锋利，盘扎于陡壁山岩。三松鼎足如三潭印月，迎霜傲雪挺拔于云雾之间。九桠乾生，古松苍健；蜷曲虬状，青峰倒掩。峰回路转玉腰玄湖，左池采药于此炼丹。神传湖水可治百病，亦能回春益寿延年。傍耸奇山形如龙状，亘古伴池一同拜天。百姓称之为青龙抬头，原是救民而惨遭天谴。左池湖畔多神灵，青龙拯民万古传。

亦夫！通天谷千岩万壑，幽奇叠叠壁挂冰寒。巨型石象中间耸立，象鼻陡起笔直对天。神秘谷谷显神秘，峭壁崖三石通天。千回百转天柱峰，峻岩层出崖奇险。二十四峰生异象，苍松怪石瀑飞濂。三台峰，天池峰，衔珠峰，峰奇石怪璀璨嶙峋，天柱峰，飞来峰，天台峰，晚霞辉映金鸡唱晚。谷深洞密回转九曲，霭雾茫茫迷洞万千。大洞小洞洞连洞，径承一脉；明洞暗洞洞套洞，别有洞天。青山不墨千秋画，天柱倒影湖中悬。近峰相映千山傲，流水无弦琴声远。

快哉天柱，登南岳，立中天；脚踩白云，头顶蓝天。暮览江山之月，朝吟天地之间。怀其情，深感天下之大。崇其品，纵览皖国奇观。远眺，万顷苍茫云蒸霞蔚。近观，千峰如柱怪石齐天。松柏叼崖壁，紫竹哨青山。风物人文，出自天然野趣；氧吧绿库，堪称画卷诗苑。

兴哉天柱！南岳中天。雄也天柱山，壮也天柱山，美也天柱山，秀也天柱山！想悟其中之味，自登一柱南天；只有感从深受，才知地阔天宽！

千禧年初冬草于天柱山天台上
壬寅年仲春整理于凤阳中都鼓楼

邯郸复兴赋

辛亥初夏，邯郸文联主席周志鹏为耀家乡之美，彰显桑梓复兴之果，诚邀全国大家聚焦邯郸，写文作赋，才艺施然。我馋眼古赵之景，参与大家之列，难勉举笔献丑。

亘哉邯郸，地老天荒，抟土造人称始祖，女娲补天彩石场。承古纳今，五千年龙山文化灿烁；食用泉水，第一井出自涧沟村庄。

古老历史名城，始于东周殷商。赵敬侯迁都邯郸，胡服骑射于滏阳。利民为本，治国立纲。武安冶铁，荀子文邦。十朝古都盘根错节，历史勋彩不失其光。改朝换代似风吹浮云，三千载城名不改其芳。

重哉邯郸，兵家必争之疆。居南北咽喉要塞，揽华北而携吕梁。四省交汇之处，鸡鸣八县皆唱。东接齐鲁大地，西枕巍巍太行。三千成语集一地，七国称雄施于赵帮。国有忠臣威风八面，亦有贤王纳言用良。赵奢威震华夏，廉蔺文武合唱。毛遂自荐将士奋勇，兵威国盛重在择良。

哀哉邯郸，天地异常。无忌谗言赵王信，廉颇客死在异乡。赵括纸上谈兵误国事，长平四十万兵见阎王。雄霸一时之古赵，复兴乃一枕黄粱。

历史滚滚，乍汉勿唐。辛亥革命，振兴家邦。中山提出三民主义，复兴推翻封建帝王；中正独裁国受侮，倭寇再度逞凶狂。屠刀举向百家村，千尸塞井抛荒冈。

彭总横刀立马，百团恶战太行。东方一声霹雳，毛公复兴国昌。

喜哉邯郸，大干快上。工业重企，最大邯钢，复兴新区，建制不长。领袖古赵视察，下旨重点表扬。"邯郸要复兴的"，随出复兴区、乡。

工业学大庆，复兴不彷徨。创造复兴工业神话，大小企业蜂拥而上。GDP 全省名列前茅，呈现复兴当时之辉煌。一株荣岂足荣料难保久，高瞻远瞩才能永保盛况。

改革复兴，经济称皇。开采成风，村村是矿。煤矿铁矿鸡窝矿，矿矿为钱而作；大企小企乡镇企，企企不为民想。

复兴潮起，政策开放。农业包干，工业并网。调整结构，一改旧制，社会转型，买断工厂。中小企业重新变为私有，赚钱牟利哪管瓦上有霜。卫生扯皮，垃圾乱放。市容市貌，日趋彷徨。

总书记倡导圆复兴梦，新理念带来绿色共享。邯郸复兴修生态，构想做旅游文章。国家改制急不可待，复兴区委摆下战场。整市容，改市貌，拆违建，零补偿。干部夙兴夜寐拼搏，为民服务牢记心上。听民声，问民意，讲法规，百解不烦；排民忧，解民难，办民事，勇于担当。公仆浴血奋战，百姓铁壁铜墙。敢啃生铁硬骨头，三年之中零上访。

喜哉邯郸，复兴闪光，书记挂帅，事顺业昌。撬动社会资金，好钢用在刃上。复兴大业路已宽，百姓喜悦进康庄。今日复兴新区，石井八面风光。再无断头路，建筑无违章。五纵五横路网密集，高速高铁八方通畅。三大板块之战略，体现复兴构思之理想；化蛹为蝶之巨变，彰显复兴精神之弘扬。南工业，北生态，美化复兴辖域；主城区，项目区，景观分外别样。青山绿水就是金山银山；百姓幸福就是民富国强。

看园区，绿树成荫，百花齐放。核桃园，百果园，园园硕果累累；玫瑰红，菊花黄，花蕊喷发芳香。

视街道，旧城改造惊天动地，转型升级做大做强。高楼耸立井然有序，风景大道纵横宽敞。小区满目绿茵呈现，树木苍翠一派阳光。垃圾堆，污泥地，统统告别；煤炭灰，黑烟尘，不再逞狂。举目可见宝枫桂朴，抬眼就看花草蚕桑。黑水河，臭水沟，变为绿流清澈见底之河道；小窝棚，煤灰屋，现为琳琅满目繁华之商场。厂区都成花海乐园，小矿皆为休闲农庄。一个社区一游园风情千种，一个村庄一景点迷煞游郎，移步变景奇观万象，休闲之区皆为画廊。

一村一书屋，一乡一剧场。舞蹈队，秧歌队，队队出彩；民乐队，戏曲队，锣鼓锵锵。老年结伴唱红歌，妇女蹦迪打连相。千亩梅花，万顷雪梨，染邯郸城市之风景；南水北调，川流不息，泽复新美丽之家邦。

蓝天白云空气迷人，河流清澈睡莲满塘。摘甜果，斗香茶，疏花影落斜阳地；轻举手，慢抬步，低吟浅唱醉心房。昔日垃圾山，今日百花香。当年泥泞街路，今日动车飞扬。昔日荒草之地，今是国际机场。游子纷纷回巢，老人重返梓桑。古赵复兴地，游客来八方。复兴大业今胜昔，邯郸之名永流芳。复兴伟业赫赫，精神永放光芒。

美哉古赵，千树万树，古老树，树树名贵。

丽哉复兴，千景万景，新造景，景景别样。

邯郸！邯郸！历史光环普照华夏。

复兴！复兴！明天伟业更加辉煌。

辛亥初夏，在全国大家看邯郸活动中撰写的文赋，草于邯钢宾馆，定稿于中都鼓楼

寿州新赋

庚子刚至，疫情逞狂。寿县作协，主席赵阳。邀吾看寿州古城，赏淮南之风光。只因"冠状"不走，未能如约而往。清明到，百花放，疫情散，人不慌。想起赵阳之约，组团奔往寿阳。

瞩八公之神韵，览寿州古城墙，听传奇之故事，探郢都之迷障。品古老之文韵，赏眼下之风光。古壁多典故，最清蛇吞象。迫我提笔作赋，哪管文友之风凉。

淮南之地，千里画廊，楚风汉韵，最佳寿阳，四朝为都，八郡安邦。北扼中原之域，南挚吴楚之疆，遥看紫禁之伟，西顾淮水莽莽。华夏平原与丘陵接壤之处，仍是楚国发祥之邦。淝水如带是寿州之城濠，八方高耸为古都天然屏障。古城按太极两仪修筑，战争时凸显四象八卦阴阳。

放一步瓮中捉鳖，进一寸堆满人墙。千载古城易守难攻，智者凭城胜十万兵将。兵家攻坚克难，最忌横冲直闯，奥秘无穷之古城，钟灵毓秀盖弥彰。照四门，楼宇雄伟，画栋雕梁。青砖持当年本色，糯米桐油为浆。古城面色不改，至今仍穿旧装。洪水围城坐墙洗脚，外水不滇四面高墙。洪峰居高寿州城外，内涝外排十分通畅。城门两侧雕满古文典籍，青条石上刻着古画原创。满墙皆是传奇之故事，清晰嵌于门洞中央。一图仍一则成语，文化底蕴遍布于墙上。最显一蛇张大口吞噬一官：原本是人心不足蛇吞象。

依稀古都人杰地灵，圣贤塞满寿阳。楚国大鼎，金棺银椁，幽王雄伟之陵，显于寿州安丰塘。

想当年伍奢忠心报国，无忌谣言伍家遭灭门之殃。将相和廉颇老将威震四海，因谗言客死在异国他乡。袁术得玺于寿州称帝，曹操兵临淮南，袁术随之而亡。符坚投鞭断流秦兵败，八公山风声鹤谢氏威名扬。神脑一出刘安盛，鸡犬升天后裔殃。叹武帝皇族碑陵在，智者千虑自刎亡。宋太祖出巡被困于寿州，陈金定举锤大战南唐。

历史烟云笼罩寿州之地，英雄豪杰已为过客映像。

登临古城，心情激昂，看城郭完好无损，四平八稳，如天然宝藏。远眺四亭山蜿蜒起伏，桃花似火，柳絮随风飘扬。观红墙，黄氏之白玉兰，廉颇墓莉花怒放。瓦埠东南三河聚，惊涛拍岸淮水泱。八公高耸白云掩映，叮咚有韵珍珠泉响。

看今朝之寿州，新风新貌新气象。筑新城，建一流之楼宇，打造历史文化之名城，提升古都之形象。城新格局基本显现，拓宽旅游事业新篇章。

寿州古都，古城，古文韵，藏绝妙之玄机。

寿县新风，新貌，新格局，发展举世无双。

庚子仲春草于淮南寿州古城

皇甫山赋

山为气结，水为雾凝，皖东殊峰，古曰曲亭①。无巍巍之势，寡赫赫之名。景色瑰丽，山色迷人。

远眺，群山奔凑，绵延起伏，云雾缭绕，怪石嶙峋；近观，古树挺拔，藤攀膝绕，水悬瀑挂，溪流淙淙。细听，蝶闹花群，蜂拥轻声，山清水秀，泉声叮咚。

将军井古朴典雅，井揽沟痕深深。金甲池水草繁杂，轻风吹拂，鱼跳龙门。仙人洞洞中有洞，幽途迷道纷繁纵横。白鹭洲万鹭齐聚，满山遍野如梨花瓣纷。千亩竹海蔚然深秀，姿容翠雅，抱朴含魂。佛缘古树郁郁蔽蓝，干粗叶茂，壮观景林。七色山野，飞禽走兽，野花吐蕊，五彩缤纷。金色菊园，鳞次栉比，南谯贡茶，天下闻名。国家级森林公园，阔达五万四千亩。乃修身养性最佳去处，氧离子浓密活跃超群。

这里有将军寨，南唐大将于此屯兵；这里有新四军救死扶伤之医院，红色圣地布满先烈之英灵；这里风情万种，这里宝气凝容。俯察霜天万类，景甲皖东群峰。

夫，此山，此景，此关，此云，美不胜收，无不秀丽纷呈。既然景点多如牛毛，其名何落他山后尘？千载光阴伴皇甫，神州今古未发声。

吾观皇甫山如土中之宝，地宫之明，和氏璧②初展于荆山，夜明珠包藏于蚌心。

夫北看中都，今古奇观，文蕴深远，誉满宇宙，万古长存。皆因出了皇帝朱元璋而举世闻名。

南观襄城^③，高楼林立，走太平万客蜂拥，观览奇著。皆因有大家吴敬梓，驰名华夏之外史儒林^④。

听西涧波涛汹涌，五湖四海皆知船漂涧中之佳句，名扬全球皆赖韦应物^⑤，野渡无人舟自横。

纵观琅琊山，形美不过皇甫，峰高不过曲亭；名噪神州，誉享华夏名山之林，皆因北宋名家酒醉琅琊，挥毫写下《醉翁亭记》才乾坤扬名。

若夫，山立天地间，坐不更名。千载皇甫，万代曲亭，天道轮回，事皆有因。今逢盛世，百业逢春，如此大美之处，热度仅皆超零，何故？何因？皇甫为何更替曲亭？

君不闻：后唐大将皇甫晖，足智多谋，将才超群，据守滁州，精选宝地，筑寨屯兵。依清流关抵外御，赖曲亭高点而用兵。赤心保李煜，为将无二心。天降甘露于沃土，长泽恩惠于兆民。

强中自有强中手，遭遇周将赵匡胤，夜袭清流关，活捉大将军。周主惜其才，降恩感其心，晖宁死不降，果魂归金陵。后人崇其德，敬其洁，赞其功，扬其名。曲亭山万载之讳人寡读，众念皇甫慢慢更了古曲亭。

有诗为证：

英雄皇甫晖，驻扎曲亭山

酷爱老百姓，忠心天可鉴。

威震南唐守滁州，一代天骄美名传；

被擒之将威名在，厚洁尽显皇甫山。

美哉皇甫山，山青水绿，别有洞天；

秀哉皇甫山，秀木出秀气，奇山出奇观。

白鹭横渡，惊飞远映碧山去，

春雨乱舞，一树梨花风落晚。

亦夫！山不在高，有仙则名；水不在深，有龙则灵。今日皇甫，需高仙人驻，待大神入林。山高水复风雷动，美名盖世后人吟。

壬寅年初夏草于凤阳中都鼓楼

注释

①古日曲亭：皇甫山古代名曰曲亭山。

②和氏璧：出自怀远薰山卞和洞中。外面是赖顽，里面是金镶宝玉。后人将和石璧雕刻成传国玉玺。

③襄城：全椒别称。

④外史儒林：即儒林外史，是倒装句。是吴敬梓撰写的一部长篇巨著《儒林外史》。

⑤韦应物：唐朝诗人。"野渡无人舟自横"出自他的诗《滁州西涧》。

魁城赋

　　猪逃岁尾，鼠叩金门。离中都，至温陵，出游八闽。穿大田，走太华，后达魁城。路广场，音乐启，民舞翩翩。踏原野，迈山涧，泉流叮咚。望林壑，看翠竹，蔚然深秀。眺四周，收眼底，八面云封。心情激荡，思赋魁城。

　　神奇八闽，绿水青山；魁城之地，古村悠远。楼阁别致而精妙，祖居坡崖而繁衍。连总唐时徙入，岁月历经千年，人口众达万计，遍及海峡两岸。

　　魁城之美，气象万千。泉水淼淼绕门而过，森林郁郁秀丽葱染，千鸟莺啼于山谷，白云间杂乃炊烟；三鼓①傲立于碧空，四崎②破云而耸天，七流交江于魁城，涛声震撼于谷渊。金牌巍立于北旗，玉印凹凸③于山岩。仙赐玉印迎紫气，亭立香炉接福天。众山绕城刹会人意，彩霞晚照层林染遍。

　　龙吟泉坐观银屏大幕，崖宏桥挚手两旗相连。月牙坝拦七溪之水，空中瀑布迎日飞帘。栈道弯弯似长虹卧日，明月沉江如罗经照天。大棺纳小棺乃八闽悬棺④之妙，土楼⑤耸立记载魁城历史之乡贤。蛟龙押禁于山腰专等铁树开花，铁匠升炉蛟龙疑到解禁时间。牛栏难阻龙蛟，山谷一声轰然。洪涛汹涌而出，蛟龙正欲出山。吴玉君显圣洪尖而立，命乡亲阻山洪以五谷而填。蛟龙见吴君而缩回，魁城免遭历史之劫难。连祖祠⑥禁蛟迫龙永不复出，祠龙井泉长在万载水流潺潺。久旱出浊必有雨，久雨放浊日露脸⑦。千年不变之征兆，神奇直至今天。甘泉香甜可口，永远泽福于人间。

魁城人杰地灵，多出才俊乡贤。文有唐代光禄大夫连总，堪为连氏祖先。武有宋六部都头连罕，军功武略覆盖闽南。礼部侍郎连玠人称神童，为官二十余载秉政民颂清廉。

最牛一门三进士，父子登科同一天。奇迹载入宋朝史册，八闽古今口口相传。

陈氏卖布靠诚信而发迹，财大不惜慷慨用于乡间。出万金筑土楼为民防御兵匪，办学校育乡子不收半枚铜钱。朝廷知悉其功德，任命大清国子监。

当代有博学多才华夏娇子，国民党名誉主席连战⑧，遵祖训不忘根本，泽被乡梓数返家园。为祖国统一大业而发奋，披肝沥胆奔走于海峡两岸。

今朝魁城，巨变翻天。精舍藏于林壑，俊鸟宿于花烟。高楼大厦铺天盖地，山坡排立层层梯田。曲道破屋变成琳琅满目之商铺，青山八面供旅游休闲。崎岖山路已成康庄大道，魁城古村成新型世外桃源。

魁城之年，缤纷无限，清风徐起，朗星悬天。除夕夜魁城之民齐出，烟花起伏普照魁城不夜天。民间文艺拉开夜幕，锣鼓齐响大戏上演。自编节目五花八门，传统曲艺代代相传。板凳龙⑨似长蛇绕村串户，挨门耍龙为老幼拜年。狮子舞舞遍山村每个角落，西洋乐乐曲响彻山谷深渊。大合唱男女村民齐上阵，学"毛选"老两口登台表演。静谧山村礼炮齐鸣，山岳震撼通夜不眠。

噫唏山歌承千古之韵，民俗凝华夏之魂。古老魁城日新月异，天人合一万物皆春。

庚子除夕草于花城，原刊用于今日头条

注释

①三鼓：即魁城的村庄三面高山形如巨鼓，人们称之为三鼓。

②四崎：魁城四面皆山峰崎异，当地人称之为"四崎"。

③玉印凹凸：即在魁城西南的山洼里长出一座小山，四方四正拔地冲天，活赛一颗方印。

④八闽悬棺：在当地有名望的人死后都做套棺悬于墓穴之中，称八闽悬棺。

⑤土楼：即地方修筑的炮楼，防匪防贼防兵灾。

⑥连祖祠：即当地连氏宗祠，此祠历经千年，是盖在龙头上的，意在压障保平安。

⑦久旱出浊必有雨，久雨放浊日露脸：即在连氏宗祠内有一个龙头泉眼，此泉水长流不息，有一车水头，旱久了泉眼浑浊，天必下雨，雨下久了泉眼有浊水流出天必晴。

⑧连战：即台湾名流，魁城是他的出生地，他为了两岸的统一，4次回家乡，并且4次去拜连氏祖祠。

⑨板凳龙：当地正月十五家家在大板凳头上放上龙头，龙节出来玩耍，曰板凳龙。

赋黄山"石潭"

　　皖南山水美，古称为黟山。峰岩青黑，苍遥黛远。穿越时空迥迂五千载，轩辕黄帝于此炼金丹。黟山美名改，呼之为黄山。东起黄狮岭，汤口为南端；西凭小岭脚，桥锁二龙环。那里有名山秀水，亭台楼阁，祠堂牌坊，古道隘关，溶洞石窟，碑陵石刻，小桥曲径，壁峭山岩。有黄海仙都之美誉，堪称世界地质公园。有五绝之长：奇松，怪石，云海，冬雪，温泉；有历史瑰宝：名人，书画，徽班，徽菜，徽砚。那里峥嵘崔嵬无石不怪，峭壁千仞无峰不险；十大名松无不奇特，群峰汇聚拔地擎天。那里有泰岱之雄伟，华山之峻峭，衡山之云烟。那里有匡庐之巨瀑，峨眉之清凉，五岳不及之潭。

　　石潭位居石台县，四面环潭皆是山。云山一色，古桥弯弯；翠竹挺拔，古树参天；千溪汇聚，百水成川；淙淙源流，皆出深潭。望远山，有数不清奇峰异岭；古村落，悬于云际秀色天然。看山石千奇百怪，听林壑松涛怒喊。百鸟争鸣于村落，环屋溪流潺潺。天上星罗棋布，谷中石潭万千。奇哉！天上有日月星辰，地下有江河流泉。有谁见，半空中，山崖巅，云层里，深谷间。密密麻麻朝天洞，星罗棋布皆石潭。大小不同，有方有圆。都溢潺潺流水，潭底万丈深渊。潭水流入青弋江，潭源是地还是天？

　　噫嘘！山坳中，村落前，石板上，溪水边。潭潭独立，互不相连。是人凿，是天然？何时生，龄几年？无从稽考，只有神传。张玉皇，法令严，犯死罪，当立斩。上界南天门，下界是黄山。斩将必打追魂炮，三声炮响命不全。上天一饱，间此一潭，其深莫测，潭眼对天。小潭是催魂炮，大潭系夺命眼。山清水秀古村落，皆以石潭美名传。

清明时节，村妇出山。提着灯笼，抱着纸钱。三五成群，结伴往返。溪水旁，山崖间，魂牵梦绕，祭物尽燃。长满百花的坟头，冒着缕缕青烟。"城中桃李愁风雨，春在溪头荠花间"。

若夫！清晨即起，日破石潭，霞光万道，春意盎然。举首见，怪石嶙峋云蒸霞蔚；俯目视，石潭眼口雾气冲天。林荫道，挤满扛枪抬炮大师，乃各地之高级摄影大仙。一女子，背相机车推孩子，步履登往山巅。山茶旁，松林间，琼崖处，石潭前，到处是人，相机乱窜。摄日出，照山颜。远山近景美不胜收，峰披丽霞万物尽染。排排茶树密布在山坡之上，根根翠竹林立于山坳之间。桃李花，山茶花，琵琶花，芳香四溢；百合花，杜鹃花，迎春花，争奇斗艳。黑松，雪松，马尾松，松涛阵阵；杉树，樟树，山楂树，林壑秀然。东望，绩溪的清峰岭尽收眼底；西眺，黄山迎客松清晰可见。奇峰异岭藏在云海深处，云海波涛翻腾于山谷之间。真可谓：四壁云岩九江棹，一亭烟雨万壑山。

亦夫！秀丽的奇景，古老的黄山。浓香四溢的山花，泉声叮咚的石潭；最美靓点是油菜花，芳气袭人规模空前。山坡上，密林间；峭壁中，村落前；石缝里，山崖巅。油菜花开豪放，优美俊爽色艳。有成方，有成片，有独帜，有延绵。近看花团锦簇，远望坡崖金闪。这边风光奇美，世界独有石潭。江南秀色迷人，专勾世界摄仙。皖国黄花遍山崖，一道靓丽风景线。群蜂辗转反侧，穿梭在油菜花间。采茶姑娘多俊俏，戏对山歌摘茶尖。婉转歌喉鸟动情，莺歌燕舞勾青年。

诚哉石潭，创意非凡！皖南勤劳人，智慧皆勇敢。山无露天之处，绝壁皆是旱田。无论山崖之上，还是陡谷坡间，苔痕表面皆绿，地无半寸荒闲。植山茶，种粮棉。合理配种，不丢寸间。连绵起伏的坡崖，油菜花黄覆山岩。美丽锦绣的山陵，绘制绝伦之图版。

壮哉！美丽的安徽，神奇的石潭。有花山迷窟，有峡谷深渊；有云海茫茫，有迷人之花环；有秀山云海，有碧色蓝天；有古徽州山野村落，有青石铸就小桥流潺；有松竹遍野，有山道弯弯；有群鸟歌莺，有怪石对天。山花烂漫看油菜，黄花铺地盖天。江南山水秀，最佳数石潭。

　　辛亥年春草于黄山石潭，此稿原为《安徽文学》登载后被今日头条刊用，现改为赋文

来安池杉湿地赋

初冬之际，采风建阳。群贤毕至，各展所长。写诗的诗兴大发，作文的文采飞扬。散文，杂文，小品文，纷纷脱稿；短篇，美篇，锦绣篇，闪亮登场。吾非方家，不能弦凉。写篇拙赋，了却心房。

大美来安，地久天长，山清水秀，乾坤瑞祥。东汉水口设县，芳名确为"建阳"。安者来，来则安，更名"来安"在南唐。鸡叫听五市，地域气运昌。观紫禁而挽高邮，看钟山而携长江。背靠琅琊脚蹬扬州，怀抱醉翁腹拥天长。河流纵横交错，高速通衢八方。千载沧桑已逝，来安名讳乃芳。

微风徐徐，天高气爽。来安美轮美奂，芦花翻滚飘荡。千亩池杉红光闪，湿地公园万树黄。景象万千，形影别样。杉根如鼓盘根错节，杉干入云笔直向上，枝遒劲八方齐伸，赤叶展闭月遮阳。

天下旅游胜地，池杉湿地最良。千年沼泽杂草丛生，万亩滩涂一片荒凉。战天斗地学大寨，污泥坑里作文章。池杉最爱沼泽地，水中植树治抛荒。立志改造大自然，知青栽杉昼夜忙。白日顶烈焰，夜晚转月亮。昨日杂草净，今天杉成行。风雨飘摇五十载，杉树钻天成栋梁。打造池杉千亩园，沼泽地里飞凤凰。别致美景天下奇，游旅纷至聚八方。

春来杉芽绿，乍暖气晰爽，万鸟枝头站，纵情而歌唱。池鱼轻轻游，舒适赶波浪。青蛙初出蛰，声高而嘹亮。游人进园心旷神怡，挽子携侣喜气洋洋。

夏季杉叶葱郁，池杉倒映河床。杉林森丛而茂密，满园清风而透凉。蜻蜓点水，蝴蝶飞翔。水域辽阔，微风起浪。西霞辉映，渔歌晚唱。轻舟慢行照摄连连，虾蟹成群鱼跳船舱。

秋来荷莲复盖，春到湿地芬芳。霸王莲，鸡头莲，日本莲，花开并蒂；白莲花，睡莲花，紫莲花，花海奔放。千顷湿地塘成一体，万花拜杉分外香。金风吹拂游人醉，细雨无声润蕾忙。

冬来白雪皑皑，池杉重披银装。杉水天三体合一，冰锥朝下有短有长。风来铃声聚起，如万马奔腾；杉林飞雪横飘，似藏百万兵将。千顷湿地森严壁垒，碎雪罩杉白雾茫茫。旭日东升冰雪融化，万只鸟巢杉峰成像。潜鸟，鸪鸟，白鹭鸟，水中纵横；白鹤，鹇鹤，丹顶鹤，绕杉飞翔。

来安池杉湿地，中外游客观光。有精品荷莲，有千亩荷塘。有池杉淼淼，有九曲长廊。有无边花卉，有栈道深往。步履长廊望水杉，水上船屋戏鸳鸯。千顷森林铺天盖地，耸插云霄根扎水上。雷鸣闪电，风吹杉林似山呼海啸；乌云压境，云杉一体如宽阔海洋。

万亩湿地公园，丽景一盆载装。高楼矗于盆外，池杉立于中央。森林码头百舟载客，木屋观鸟万千气象。湿地花园千般景，荷塘月色披盛装。游客纷至观来安，唯有池杉最风光。

天公降下聚宝缸，不偏不倚落建阳。大美来安福星地，灿烂明天更辉煌。

2020 年初冬草于来安湿地，整理于中都鼓楼

明光酒赋

七月骄阳，采风明光。散协精英，情绪激昂。皖东群贤毕至，纷纷举笔待章。观嘉山之名胜，察酒厂之风光。见地海之藏窖，嗅扑鼻之豆香。一时兴起，提笔逞强。

滔滔淮河，滚滚长江；皇城东麓，嘉山县壤。采星辰之灵气为明，凝日月之神韵为光。环宇绝配，合为明光。

界处江淮分水之脊岭，承皇脉尾余群山凤阳。跃龙岗龙吟阵阵，自来桥凤仪瑞祥。小三峡非淮畔浮山莫属，女山湖神女掀波推浪。凭观六泉拥月，自然隐于野芳。抚新弦歌宇宙，天降大美明光。

然国开七十隆年，明酒与国同芳①。普天庆诞国之丰功伟绩，嘉山贺明绿液永驻醇香。

昔闻猿猴采白果，藏石穴盈菌而发酵，掺五谷以腐朽久酿成浆。后有杜康造酒刘伶醉，三年不醒。开坛醉倒千家客，酒烈酣畅。关公温酒斩华雄，举刀头落。宋太祖杯酒释兵权，国运盛昌。武松饮酒十八碗，举拳毙虎。曹孟德对酒当歌，纵横四方。鸿门宴酒藏杀机，庆功楼酒醉人亡。

明光人，效古师，酿独创绿液新技；加五谷，增酵母，酿造罕世琼浆。品质优，味纯正，甘甜醇厚可口；盖江南，闯赛北，豆味万里飘香。千家笑饮绿液，四海豪购珍藏。

夫！明光曲酒历史冗长，劳过得胜之宋军，昔贡临安之帝王，醉过开明之将士，贺过尚书令吴棠。酒壮抗倭英才，当数儒师雨相。少奇举杯问鼎嘉山，雄师一吼飞渡长江。

然国开新历，代有丰煌。彭真嘉山喝过曲酒，万里明光尝过佳酿。汪道涵最爱明光酒，温家宝首品明绿液浆。酒浓宴贵客，情深结友良。七十年号角声犹在耳，明光曲液跨海过洋。

忆往昔，嘉山作坊铺天盖地，国家收购统一办厂。军管国企精心研制，生产曲酒采百家之长。凭秘诀，启良方。以酸性之黄泥，养元素酵母之床。高粱必得其精，曲药必占其阳，湛炽必备其洁，甘泉必尽其畅。五粮必占其数，其内必有麸糠。出酒甘醇味美，其色清凉异香。群英会问国家名酒之鼎，马宣太②领袖亲颁劳模勋章。

亦然春潮涌动，淮水泱泱，革陋破规，体换良方。国兴包干之制，集团融资办厂。敢进取，创利税，成就不世之勋；练内功，铸品牌，大作新鲜文章；成大事，立大志，闯大道，董事雄心复盖华夏；拓市场，创珍品，走欧亚，明酒登世界之殿堂。

浩浩千秋史，酒助国运昌。万家欢乐刻，绿液醉人肠；华夏曲窖众，好酒在明光。

噫嘻！地窖初开，酒海深藏；琼浆甜绵，味含豆香。明绿液人见人爱，踏嘉山百味回肠。只闻绿液之名，欣然若饮；未品绿液之酒，已醉梦乡。一泓清泉，淮水以滋琼浆玉液；一抔绿豆，成就明光酒业辉煌。

若夫！天生五谷，南池精酿，人间万事，无酒不畅。清水弄人，平添天下之乐趣；文根酒魂，夹大块诗赋文章。诗以酒传雅，酒以诗名扬。嘉山名人荟萃，墨舞皖东大地；明光善出好酒，骚客挥毫以彰。李白再生如何？嘉山诗人有酒何惧。杜甫飞来怎样，难及明光当下诗狂。珍品明光酒，绿液玉琼浆，文兴跃龙地，诗酒振家邦。极品传盛世，永飘豆花香。

2019 年 7 月，市散协明光采风，草书于明光酒厂

此稿荣获厂纪七十周年全国征文一等奖

注释

①明酒与国同芳：明光酒厂启建于 1949 年。

②马宣太：明光酿酒师，被评为全国劳模。

明湖赋

寅虎初往，羍牛渐远。冰雪消融，乾坤退寒。友人田海松诚托吾邀请知名作家，走读滁州，聚焦明湖，使之心情奔放。激荡之余，择辰奔往。于是乎，选名流，集大"腕"，浩浩荡荡，众览景观。为留鸿爪，气韵笔芳。只想举毫作赋，抢功独自先赏。

红日升腾兮，春和气暖。丽色明湖兮，生机盎然。呈藏久外达之势，现万物蓬勃之颜。及春而媚，千树花繁。一双春燕窃语楼台说梦香，几只黄鹂交啼柳絮悲春短。

夫也！阔域明湖，地灵天宽。南攘六朝古都，北羡淮北平原。怀抱滔滔秦淮河，背靠巍巍皇甫山。河泉交汇，清流河奔腾不息；环滁皆峰，登顶虎视江南。揽醉翁而擎琅琊，思应物而探西涧。走太平思廉吏，舍命为民之县令，进儒林读外史，才知敬梓笃志于笔端。白鹭岛万鹭齐聚，池杉树湿地耸天。新滁州蓬勃崛起，金三角企压汉涧。

亦夫明湖，框架天然。园中葱韭而初萌，水深湖静而碧蓝，四龙湖叠湖泥底，康养镇镇容壮观。绿色生态，秀丽林园。建三才乃可久，开二仪得彰显。陶陶然一幅水墨，浅歌而行，携侣而欢。朗朗乎十里环湖，宽宽呼水域天然。霞光辉映，层林尽染。林森广密，多为名贵之木；繁花似锦，最佳桃李争艳。高楼林立，皆为别墅之居；湖心翠出，满目层层梯田。曲桥流水，潺潺顺溪而下；百鸟争鸣，抑扬顿挫于林间。风轻云淡，道边杨柳轻曳；蜜蜂振翅，蝴蝶戏舞于花边。梨花白似春雪积压其枝，杏花红泛如江浪波连。荠花似繁星密布于天际，油菜花如金币耀耀灿灿。炊烟袅袅韶华初唤春梦，湖心鸬鹚嬉戏波间。乐声缓缓如流，皆鸣于石缝之间。步入林中幽径，听之如痴如醉，品之梦牵往返。亭中叙茶，廊下会谈，喜鹊觅趣，游鱼徉然，霞光西照，渔歌唱晚。湖呈嫣然之色，翠竹风吹腰弯。雁群北上，排成人字而慢行；云驰宇宙，快拂于旷达蓝天。新型明湖岁满三周，凸现亭亭玉立之态，初具规模境美如天仙。恰似苏杭自然一角，好像天降世外桃源。

听！马达隆隆，工匠好似赶嫁；看！工程进度，一天一个容颜。发展势头，迅雷不及掩耳，管委会上下，可谓牛气冲天。

若夫明湖，形态奇然。昔日之污泥，皆为群芳争艳之地；当年之浊水，成清亮洁净之饮源。滩涂崛起万顷商厦，河套改为层层梯田。千鸟聚林而莺唱，云驻楼顶而魔变。十里环湖路宽道阔，花草贵木满目俊颜。商贾大腕纷纷订购适居之墅，巨型项目争先恐后落巢而争迁。游思明湖景，客爱明湖天。蜂迷明湖花，鱼恋明湖源。听景便思瞩明湖之风采，览胜专待明湖早日开园。

再夫！滁人举贤士，造明湖彰显丽景；投巨资，展宏图竟不气短！引骊宫于滩涂，翻阆苑于郊间。何也?！

只因巨龙崛起，社会巨变，天翻地覆，春满人间。国之强盛，科技领航，党内自治，不畏高官。去浊击腐，推陈出新，秉政廉洁，惩恶扬善。政通而人和，气清而天蓝，做足文章泽后人，敢叫滁城换新颜。明湖之美全依匠艺超群，江山永固皆赖人民为天。

寅虎年初春草于上海闵行陋室

旌德赋

　　大美旌德，白云蓝天，万壑竞秀，百花斗艳，人文荟萃，群星璀璨。头枕黄山主峰，手擎马溪森园①，脚蹬九华飞石，右顾弋江如蓝。

　　秀丽旌德，世界难选。县不大而地域辽阔，人不多而意识超前。仙山遍布灵芝宝药，国际慢城创于此间。花鲜草绿竞放生态之氧，山险石奇纯为老天赐还。一步一景出苍显翠，一村一史雅著繁衍。

　　噫唏一村推出，眼球豁然一亮。古韵深厚，文风盛昌。观之心旷神怡，视之精巧古坊，建筑构造一体，典雅古朴徽房。檐牙别致有序，一律面南而阳。庄不大宅阶分明，丁不稠人脉很旺。同一宗尊长有序，拜一祠宗氏姓江。祠顶悬着宝葫芦，三叉戟闪闪发光。此乃金鳌江民之特色，代表乡贤之风尚。人才辈出，竞显山村之文蕴；百仕朝峰，却有古墨之芳香。文盖江南不显山露水，雅迹难寻却邈水回长。龙凤之晶交汇于弓内②，文昌之影倒映于池塘。聚秀湖湖水淡雅，文昌塔记述辉煌。传说古村落龙气十足，传统文韵布满老街古巷。

　　绕宅泉水叮咚，丽妇浣衣于石上。楼阁别致而新奇，小桥流水而久长。白鹅曲项而高歌，小鱼逆流而顶浪。庭院石榴皮红，毛栗美态而丽靓。灵芝功效神奇，竹木特产而空矿。恩赐之物遍布村内道口，家前园后都是古立牌坊，徽式檐瓦各有妙喻内涵，雕琢石器皆存历史文章。

　　君不知，长牙者皆是奸商之态，长须者都是儒家仕良。拴马石一门竞立四块，苎麻草药天然而悠长。旧时代二百多名进士皆为该村所出，新社会四十七位学者走出这个村庄。江尚青皖北抗日奠基之士，江泽涵新中国数学之栋梁。

忠厚传家远，江氏之祖训；诗书脉人长，育幼之宏纲。

旌德多奇仕，雅杰之多多；江南出丽景，山水之苍茫。

千年古村落，人称小苏杭。

丁酉年暮春草于旌德江村祠堂之中

注释

①马溪森园：即马家溪森林公园。

②龙凤之晶交汇于弓内：左右二道泉水昼夜流，进弓箭型的聚秀湖内。

乾陵赋

离中都往西京心舒神爽，携情侣步梁山意味深长。观乾陵赏美景感慨万千，举秃笔作文赋再三思量。唐高宗武家女天骄齐聚，少不慎出奇丑凹名远扬。初出犊不怕虎傲视天下，不见棺无悲泪任意猖狂。壮天胆赋乾陵强应征文[①]，夜灯下写拙文草拟成章。

乾陵之脉，神灵毓仙，一山独秀，拔地冲天。揽渭水而靠西京，眺长城而望华山。携天府之国，挽草原契丹。观塞北之美，看秀色江南。华夏奇绝，一陵双天。南朱雀北玄武规模宏大，左青龙右白虎虎踞龙盘。乌水与峻山相望，漆宾与敬岐相连。山水合抱显灵气，龙脉风水出梁山。夫妻合茔山河独霸，二帝一六日月齐天。先唐而后周千年已逝，皇陵虽众唯此墓独全。

乾陵之美，世所罕见，岩石壁立，碧峰巍然。山松挺拔，古柏参天。杉梢破云，雾里透仙。秀木生秀气，奇云出奇山。旷野一柱绿，山表不露天。有黄山之美，有华山之险。有泰山之固，有渭水之源。气势磅礴，雄伟壮观。乾陵宇宙绝，一墓在长安。

乾陵之气，独地洞天。八卦五行，神韵突显。李淳风[②]选宝地深埋铜钱为号，袁天罡择墓穴金钗直插钱眼[③]。美人仰卧，笑对苍天。钟灵玉毓，器官特全。豹谷河，漠菇河，似美人之刘海。整整齐，齐整整，分之俊额两边。脚蹬滔滔渭水，头枕巍巍梁山。对称两丘齐出，形如出笼之馒，好似少女乳峰，直竖美人胸前。

左右两条断沟，通往美人腋下。二道气岭凸起，如美人两端秀肩。会阴一座土包，秀草丛深延绵。包底生出一眼，人称无名清泉。终日溪流淙淙，今古泉声潺潺。晨看一轮红日东升，夜观玉兔奔入冰盘。浴风雨之灵气，沐星辰与河川。龙脉活宝地④，绝奇唯梁山。

乾陵之道别有奇观，番宾王立道旁气宇不凡。有袍服束腰，有紫袖领翻。姿态谦恭，双手拱前。对称并立，无头有肩⑤。石狮巨头卷毛，造型肃武劲健。端庄大放，阔口威严。唐高宗七级碑道左高高耸立，则天撰李显丹书形式空前。载李治文韬武略之伟绩，彰大唐盛世辉煌之昨天。九龙碑道右空中高矗，整巨石与唐皇齐天。马屈蹄俯首状雄狮怒目，花草纹细雕饰精不可言。

叹周君：雄心盖世，谋略超前。筑明堂，铸九鼎，兴周基业；造天枢，建寺院，泽福民间。办学校，兴科举，唯才重拔；选贤臣，挑狄公，稳固江山。驾群臣，驭四海，一统天下；人中杰，海中龙，天之娇颜。男称皇，女为帝，重在为民；主国政，治天下，才智当先。一代明君武媚娘，风调雨顺五十年。

惜哉武曌，坤帝周天。二十八年治天下，三十二载修墓岩。国宝陵中汇积，秘籍隐存千年。引得盗贼蜂拥，手段启用千般。黄巢挖陵举重兵，谄韬掘墓雨连天。连仲盗墓用大炮，冷热兵器都枉然。神奇皇陵墓，天下数梁山。

今日乾陵，一派华然，蓝天白云，古树参天。林壑深秀。葱郁延绵。南仲翁，北土阙，奇崛瑰丽；左龙盘，右凤翥，四门通天。华表石像，神狮翼马，大唐气韵犹存。峰侧岭卧，柏古松杉，周帝功勋卓著，史册霞染碧天。御道曲径回廊，山陵楼阙亭观。牡丹园诚招大唐盛世归来，文化节再引周朝丝路长安。听乾陵百鸟朝凤莺歌燕舞，聆秦腔激越高亢古韵昂然。晨钟暮鼓，曲故情连。想大唐强盛为世界之首，忆大周风雨顺世所罕见。看梁山陵冢累累，思二帝凤凰涅槃。乾陵千古秀，天下独一山。

此稿银河网刊用于庚子年冬至

庚子年初冬草于中都鼓楼

注释

①壮天胆赋乾陵强应征文：此征文是乾陵县向世界应征"乾陵赋"时，我写此赋文固被朋友发至北京银河网上了，破了征规而未入阁。

②李淳风：大唐的国师。

③袁天罡择墓穴金钗直插钱眼：武则天让袁天罡与李淳风为自己选墓穴，李淳风选好墓地，把穴位埋一枚铜钱。后来袁天罡又去选墓穴，用金钗绣记号。金钗正好插在李淳风埋的钱眼里。

④龙脉活宝地：武则天埋葬在一块睡美人的活宝地上。

⑤无头有肩：乾陵道上的石人都没有头。

F
帝乡辞赋集锦

第三辑

赋 人 评 书

建党百年赋

重阳佳节，层林尽染，百鸟朝凤，气象万千。举国共庆百年建党，华夏追忆翻天巨变。

一百年好似昨天，风雨沧桑竟在眼前。

看！嘉兴蛟龙翻腾，南湖巨浪滔天；红船祥云笼罩，鲲鹏齐驻舴船；马列主义从船上播出，革命有了新的起点。

听！香港罢工惊天动地，南昌义举炮声连连；秋收起义之烽火，燃遍塞北江南。工农举旗革命，武装夺取政权。

马列主义传遍世界，红色教材《共产党宣言》。北京有《工人报》，上海有《新青年》。热血男儿救国救民，投身革命惊动天地。白色恐怖血腥镇压，乌云滚滚阴霾遮环。决策农村包围城市，三湾确立军队主权。反围剿大敌压境，红军会师井冈山。

反围剿不畏强敌，夜骚日驻与敌周旋。古田会议定方向，血战湘江铁索寒。四渡赤水破乌江，过草地而爬雪山。血染长征路，旗卷六盘山。会师陕北，军威庄严。浴火重生，凤凰涅槃。开辟根据地，躬耕南泥湾。统一抗日，联合宣传。

平型关首战大捷，太行山百团大战。全民驱寇打鬼，血溅沃土青山。日本缴械投降，老蒋挑起内战，三大战役告捷，追寇席卷海南。全国解放，蒋逃台湾。新中国宣告成立，五星红旗升天。领袖登楼挥手，向世界宣告壮言。肃残反贪理国政，华夏飘彩出蓝天。

若夫！国力未复，美侵朝鲜，保家卫国，立党尊严。跨过鸭绿江，打过三八线。血战上甘岭，奇袭百虎团。击败入朝侵略军，迫美谈判板门店。确立强国之本，两弹一星上天。

然！三中全会春雷震，举国上下谱新篇。小岗立潮头，实行大包干，南疆起风云，深圳划个圈，走进新时代，宇宙行飞船。改革再深化，华夏兆丰年，共奔小康路，日月换新颜；收复清朝失地，港澳回归家园。台海一根，血脉相连。华夏一统，收复台湾。

嘻夫！壮丽之举，还看今天，华夏复兴，文化在前。再走茶马路，通衢旧金山。严肃党风党纪，认真反腐倡廉。整顿家容国貌，重塑绿水青山。精准扶贫，四个全面，神州探秘，北斗高悬，经济腾飞，科学攻坚；航母下海，万网互联。高铁纵横九万里，南海升岛如探丸。天灾来袭，党员在前。上下一心，排除万难。站起来屹立东方，火起来百业超前。富起来科学升华，美起来文化领先。亮起来农庄夜如白昼，牛起来乡村变成花园。大国气度党建引领，国泰民安利器飞天。不忘初心记使命，江山稳固统两岸。华诞百年寿，首当缅前贤，复兴中华梦，红船永向前。

2021 年重阳节于中都鼓楼

郭博其人

丙申之年，猴悬半空，吾被"友"坑做担保。"友"携款潜逃，吾承担保责任。数额巨大，如五雷轰顶，工资判为清赏之用，迫我失去制衡。正内外交困之际，郭博闻之亲临皇城。先劝甚忧，后开其心。商良策，找亲朋，意在解难。卖古玩，销字画，还钱解封。虽未果而感其诚，故提笔作赋，略表寸心。

郭博其人，太和之根。六十年代初而曜世，二十世纪后而成名。幼年好学，不愿故耕。少小离乡闯荡四海，成年恋都久驻故宫。始学绘画而发奋，后研书法而持恒。精棋艺，习诗文，兴趣广泛；通古玩，识珠宝，技法超人。立身江湖而雄魄起，貌端出众而威仪生。

吾与郭博识荆恨晚，一见如故，感情颇深。省散协聚代表三届选举，吾与汝参其选喜得副任。共携手，志相投，为散协效力；开文风，搞活动，团结同仁；研工作，讨艺术，不分彼此；做大事，统思想，形同一人；聚文友，谈辞赋，同榻而语；写诗文，撰其稿，勾勒心声；影相吊，心相印，无话不言；创事业，互砥砺，其态至诚。

前些年，吾办刊缺少经费。出杂志，望赞助，担保熟人。不谨慎，寡思谋，误入圈套。黑心客，卷巨款，天涯藏身。害我吃官司，债追担保人。工资填债，事业受损。郭悉事，跋千里，亲往探朋。踏中都，访其故，慰友宽心。为解难，找古董，夜寻宝真。废寝食，穿街巷，抛宝为仁。舍己财，自亏负，得全他人。

观其行，真好像叔牙再世；又好比，杨角哀为友舍命。看当下物欲横流道义甚寡，竟出现抛钱财友福山仁。佩郭博，常思其德，深感其行，兄友弟恭，暗自泪淋。思年久，书其稿，未能成章；今偷闲，得其便，提笔成文。

三百方砚，福山其人，一级美术师，书画领航人。忆当年，初为李可染蒙启，后墨山大师门生，受黄苗子之点化，艺坛耀眼新星。而立跃入方家之列，不惑艺佩大家之称。

郭博福山，悟性天启智，返璞归其真。《水墨印象》，风格清新，淡而有痕。矩墨有守，静穆稳沉。构图层次多变，入笔五彩墨分。繁复深邃，散淡韵神。横笔皴染破规，自创独特之风。开当代国画传承之新纪元，拓时代独辟书画之艺魂。

郭博先生，才艺精湛，识宝技能颇深。不管古代青铜器具，还是和田玉佩；不管前朝书画，还是陶瓷檀根。入眼识真伪，过手知价衡。

郭博书法，妙笔生花，其奥无穷，丹书无瑕。"龙马精神"四字一挥而就，一笔龙马腾云。情中显字，字中有画。墨隙传神，篆书更佳。《童子拜观音》是他创艺之佳作，点墨成童子，下笔出观音。美感超群，视字惊魂，百看不厌，字中有神。此创艺，新颖步世，妙笔显文。真乃推陈出新之妙笔也。

福山郭博，书法登峰，画绩累累，善撰诗文。尽显超群才智，壮年誉满乾坤。

此稿今日头条刊用，人民网同时刊用

丙申年仲夏草于凤阳中都鼓楼

菱湖赋

有幸应邀来安庆采风，会议之隙进菱湖散步。未迈大门，便有新鲜之感。进湖眼前一亮，其间美景如画，仙境迭出，俊鸟千种，歌声如潮，令人心旷神怡。无意中忽见严凤英墓园，却步细观，心情激荡，陡生灵感，提笔草拟菱湖赋，以慰黄梅凤英在天之灵。

安庆之地，锦绣之乡。菱湖之水，碧波荡漾。千年樟树湖岸耸立，迎日叶面，闪烁灵光。荷莲盖湖，花繁清香。湖内游人如蚁，树上百鸟莺唱。岸畔翩翩起舞，湖心鼓乐锵锵。轻唱的声如流水，高歌的激越轩昂。黄梅戏此起彼伏，其调婉转悠扬。门外韩再芬戏演《打猪草》，湖内《天仙配》乃是黄梅之腔。

看天空万里无云，觉气候清爽异常。一园眼前忽出，气派雅秀不扬。大门张贴对联，字迹有力铿锵："黄梅一曲嫣然笑，天上移来百灵唱。"迈步壁画入眼帘，黄梅戏中女后皇。有简介，有图像；有评论，有文章。举目湖心一墓园，荷莲簇拥垂柳黄。条石紧围是刺松，百年棠梨立后堂。池中残荷叶半青，清风凄凄柳半黄。中间一尊天仙女，玉洁如雪闪银光。石阶飘逸印芳名，凤英姓严美名香。巨碑题名纪念馆，赖老妙词书碑上：悲悲切切如泣如诉，情深意笃语重心长。天上人间落花曲，君在九天碧落方。

苦哉严凤英，出生黄梅乡。幼唱山歌而出众，后学黄梅而见长。罗岭登台唱小戏，族人怒逼进祠堂。准备将她沉河底，杜绝鸿六①把戏唱。万般痛苦积于心，一场大病躲灾殃。

十岁背井离家门，被迫乞讨走四方。苦中没丢心中志，黄梅小戏永不忘。追随民间跑坡班，大胆发挥往前闯。幸遇严云高②，如愿得以偿，登台展头角，名噪黄梅乡。

喜哉严凤英，得遇好时光。推到三座山，全国得解放。得展才艺唱黄梅，全神贯注歌家乡。天生丽质女中秀，表演朴实博众长。嗓音甜美且靓丽，沙醇之中带甜香。口齿伶俐，道白清爽，唱腔迷人，婉转悠扬。身段灵活轻秀，演技出众超长。

乐哉严凤英，重艺如爹娘。时刻不忘练身段，冬夏不停。昼夜精心练唱腔，台上台下。千家爱听黄梅戏，老少哼着黄梅腔。戏种遍及大江南北，紧随国粹京剧身旁。五二年上海举行演剧赛，黄梅小戏获大奖。主角就是严凤英，名振华夏艺名芳。黄梅小戏身价百倍，荣登国家戏名榜。《天仙配》上海搬银幕，《女驸马》唱到怀仁堂。剧目纷呈，百花齐放。经典戏《吕洞宾戏牡丹》，《蓝桥会》曲折情殇，《柳树井》百听不厌，最经典《织女会牛郎》。严凤英光彩照人，黄梅戏誉满东方。

悲哉严凤英，好景不多长。树高招风撼，艺高遭疾伤。狂风吹进黄梅地，牛棚里面练唱腔。"逼供为何扮神仙？反动思想太猖狂。宣传封资修，美化鬼蛇黄。肃清流毒干草命，誓把反动派一扫光。"剖腹审检自尽尸③，场面残忍特悲伤。乌鸦悲鸣震菱湖，三月春风刺骨凉。一代艺星陨安庆，不见织女会牛郎。黄梅传承人，永卧菱湖旁。

壮哉严凤英，演技高人长。天生透傲骨，志坚硬似钢。德彰天下《女驸马》，艺馨人间故人殇。菱湖永载黄梅后，园陵彰显黄梅乡。菱湖有凤英而更加美丽，湖畔日听黄梅腔，凤英卧菱湖笑对苍天，传世美名地久天长；荷花有凤英而更加鲜艳，垂柳见凤英而轻摇细荡，百鸟簇凤英而莺声优美，古樟拥凤英而大放异香。清风愿与严凤英做伴，棠梨愿陪凤英坐墓堂。千载菱湖人间秀，百年黄梅唱故乡。人间最美严凤英，德艺双馨铸辉煌。

庚子年草于安庆菱湖畔，辛丑年初春整理于上海闵行

注释

①鸿六：严凤英的乳名。

②严云高：严凤英从艺的恩师。

③剖腹审检自尽尸：严凤英服安眠药自尽而死，看管人揭发惧罪吞食重要罪证而被剖腹。

赋悼陈怀仁先生

庚子年二月十五日清晨,友人们打来电话,告朱元璋研究会会长陈怀仁因病逝世,当时被疫情封在家里,情虽悲切,人不能往,只有遥拜,而后洒泪作赋,当作悼词。

天失怀仁我失友,大难之际君撒手。忘年之交情深笃,噩耗传来心颤抖。疫毒严酷,不准出入,遥祭仁君,跪拜叩首。问大地:何时再见陈君?只有西天等候。扶丧无望诉宇宙,悼陈君,恸悲切,泪对天花流。

怨上帝!何不睁眼?疫情严重,国难当头,竟在此刻收朋友。切肤之痛,悲泪滔滔似洪沟。

看今日,乌云滚滚,狂风怒吼,雨打人寰,飞雪飘愁。寒刺骨髓,痛彻肺腑。问上苍:何人送君赴西天,步入天涯处?唯有白鹤驮仁君,结伴黄泉路。

我与陈君相识甚久,二十世纪八十年代后。省刊登载《三只鸡》,君视如珍珠。持报下乡倪草根,天河湖畔密交流。《千古传奇说凤阳》,君读不释手。省里召开研讨会,君临畅谈感受。相处三十余载,君恩在心头。今日生离死别,只言片语未留。痛哉陈君,惜哉怀仁!何时再聚首?

忆君当年,雄心勃勃。文坛初露尖角,政界初显身手。小岗大包干,君文著千秋。领先搞开发,小区名中都①。启办《凤阳报》②,广育文坛秀。挖掘大明文化,潜心明史研究。考资料,查图书。废寝忘食做学问,吃尽人间苦。数次往返京城，铁鞋底穿透。请专家，供资料，不计个人得失。筹资金，跑项目，撰写凤阳春秋。恢皇陵，复明茔，彰显明陵风雨。计晨钟，复暮鼓，重现谯楼凤舞。修武门，补城墙，皆采仁君建议；午门偏墙轰塌，君在家中哭一宿。研考太祖出生地，不得结果不罢休。考古桥，勘庙址。常请京城专家，开新城，策划街路复古。参与出版明典籍数十本，为凤阳明文化立业千秋。

哀哉陈君，悲雨愁云撒中都，雪片化泪流。昨日失去王剑英[3]，今日陈又西游。凤阳文化失将帅，明史谁研究？叹君一去不复返，恸悲痛疾首。悬知此去多追忆，回首往事泪不收。陈君慢些走，缓归天涯路。

陈怀仁先生音容笑貌长在，功德伟业千古！

此作品在上海傅雷家书全国征文中荣获三等奖

庚子年二月十五日清晨，痛草于上海闵杭卧室里

原稿存于上海傅雷家书博物馆

注释

①中都：凤阳县首次开发的一个商业小区，命名为中都小区，首次打响了凤阳商业改革的第一枪。

②《凤阳报》：20 世纪 90 年代初，陈怀仁为首创的一份凤阳县委机关报，90 年代末此报刊停办。

③王剑英：北京高校教授，下放到凤阳，系明史研究专家。

赋悼开昶先生

　　庚子暮春心情惆怅，回乡看望病重兄长。他在榻上吟，声音特忧伤，听我脚步声，忙下久卧床。侄沏茶，供我二人品茗聊天；媳寒暄，端上瓜子果糖。不知其故，兄非像久卧床病之人，出语直率，内容简意明亮："吾汝兄弟虽为忘年，此事唯托吾弟身上，哥命不久矣。为兄写篇小赋，慰我终生夙偿。吾年已过九旬，清贫节俭一生，平易近人从未轻狂。不畏强权，傲骨铮铮，憎奴颜婢膝，恨欺压善良。留下鸿爪，以告后人。切记！切记！莫负我望！"

　　回城数日，兄归天堂，前往祭拜，悲泪汪汪。思兄嘱，仰遗容，如是昨日；提秃笔，悼仁兄，顷刻草章。

　　旭初公，名开昶，宫姓思永堂。祖清官，续秀才，传承文墨担道义，从严教子立家帮。生在神龟之背，长在天河湖旁。幼读私塾，后上立煌①。少时立志报国，青年壮历远扬。生不逢时，国运不昌。列强混战，反复无常。中山举旗，推翻帝制。立"三民"主共和统军讨伐打北洋。旭初弱冠之时，将公执政朝纲。日本侵略华夏，昶公随校救亡。参新军跋涉于长春，讨日寇保卫边疆。才华初露志凌云，提拔少校当团长。日本投降后，内战起萧墙。全军弃暗寻真理，起义投靠共产党。只因部队被打散，沿街乞讨归故乡。准备归队找组织，小草专遭瓦上霜。父亲瘫痪家中坐，只有尽孝助高堂。接续烟火配李氏，五年生下两儿郎。刚把爹娘送下地，塌天祸事从天降。五四年洪水超历史，妻回乘船遭了殃。只因过河风浪大，全船之客水中亡。昶公独守两个娃，苦水泡浸两儿郎。想续弦，又彷徨。前怕两孩吃大苦，再续后弦是晚娘。横心自己养孩子，既当爹又当娘。操家务，育儿郎。吃尽千般苦，尝遍苦菜汤。留诗墙上诉己苦，被人无限上了纲。打进牛棚遭批斗，牛鬼蛇神糊身上。凄苦万般神不衰，不畏强权盼太阳。

喜哉开昶，一声霹雳天下响，包干责任进了庄。改革开放普华夏，昶公才智得以扬。懂世俗，识地理。务百家，全无偿。忙完喜事忙丧事，跑过东庄到西庄。儿孙各奔锦绣程，举家实业兴庭邦。开公司，做洋行，兴商贾，百事昌。人人业显日日新，家道渐盛人丁旺。自己梅开又二度，七十三岁娶新娘。玩旱船，打连响，扎狮子，办戏装。发挥才艺演彩龙，引来法国俊女郎。做公益，修家谱，不计个人得失；整资料，募捐款，建造宫氏祠堂。淡泊名利度日月，抛却功名治家邦。命运多舛自强不息，勤劳不缀教子有方。文墨传家远，勤俭持家长。昶公卒时九十三，家昌人旺四世同堂。今日跨鹤西天去，黄泉路上著篇章。

哀哉，庚子新冠蔓延，昶公举家悲伤，喇叭乐启子跪孝房。叹昶公，雾星陨坠，天各一方；想仁兄，青年英俊，充满理想，胸怀大志，入伍扛枪。只因曲折路，敬孝转回乡。英年丧妻，父母双亡，含辛茹苦，厚德无量。福荫子孙，家道盛昌。永别了仁兄，西游顺畅！还有遗愿，悼词带上。一路走好，再聚望乡！

草于庚子年暮春，辛丑年初春整理于上海闵行

注释

①立煌：指立煌学校。

赋评潘大明《湮没的帝都》

鼠顶寒冰逝去，牛戴梅花奔往。过春节，赶上海。本想偷闲几日，挚友提酒等候，重叙别离时光。疫情尾存，不比往常。避开喧闹去处，对酌门旁排档。酒过三巡，相对而望。挚友起身，取过香囊。一本厚厚之巨著，捧于酒桌之上。委我阅读此书，咐吾细心品尝，嘱吾抽出时间，施展创作神韵，为该书写篇文章。

捧书在手，难色脸上。虽不当面推却，内心似倒海翻江，大明学识渊博，文坛盛名浩荡。只因情深意切，唯有碰酒撑场。

《湮没的帝都》拿手上，知其厚重兼晓分量。翻书忘食手不释卷，读友佳作荡气回肠。字数五万加零，页码三百朝上。情节曲折，回味悠长。

全书参今古文献近百部，历史神话故事运用恰当。引经据典创新作，精雕细琢绣鸳鸯。大到孙悟空闹天庭，小到小鬼反叛阎王。上到盘古开天地，下到百姓耕作忙。宽到三山五岳日月星辰，窄到田园市井古街小巷。南至金陵故都，北至长城边疆。滔滔淮河，滚滚长江；五行八卦，五帝三皇；春秋争霸，秦汉拓疆；浩瀚东海，河西走廊；二教九流，士农工商。涉猎广泛，拿捏顺畅。诵俗文化与传说故事同在，人文景观与地理风貌共扬。场面宏大，穿越八方，气势磅礴，五年成章。

勤哉大明，涉水跋疆。自费探古，到处采访。书绕帝都兴衰，文表淮夷之邦。走淮河，履凤阳；寻中都，探明皇。深究淮夷文化，细研明衰忧伤。踏遍江淮大地，采摘田园风光。走大街串小巷，数返淮河流域；吞土菜喝佳酿，探讨民间古往。游皇陵，观皇家陵寝之风水；看石像，思大明初开之雄壮。步陵道，读碑文感受明陵之风雨；进椁殿，听松涛回想帝陵之瑞祥。步皇城，走御道，体味中都气息；踏午门，趟须沟，方知布局精良。过城河，迈金桥，七孔傲视天下；览紫禁，登城楼，深感大明忧伤。去老城，观鼓楼，倾听谯楼钟声；逛新城，入新街，仰视丹凤朝阳。步蒙城，看博馆，探寻龙山文化；倪庄子，进漆园，放飞逍遥之梦乡。庄子台，钓傲鱼，体味鱼乐之妙；访嘉山，眺龙跃，寻觅诞龙之地；来燃灯，看牛锅，确辨凤阳东乡。走盱眙，吃龙虾，方知龙虾传说；看祖陵，研风水，探寻祖陵风光。几上临淮，数进南岗；常拜龙兴，久宿凤阳。踏遍帝都山山水水，做笔记，查历史，无不涉猎帝都存亡；书之厚重，难以颂扬，字字皆珠，今古穿畅。知识性，趣味性，艺术性齐聚；史学性，科学性，文学性同芳。史料与神话默契相伴，访古与探幽相得益彰。融田野考察历史研究为一体，揉人文风貌乡土风情妙组一章。通俗与艺术相杂，民族与国家至上。

书画摄影俱全，美食特产琼浆。妙用非虚构文学创作之手法，巧揉笔记散文传说为一堂。著作缜密细致入微，翔实可信，闲逸清爽。读之如痴如醉思路广开，合卷冥想帝都历史之沧桑。

学者潘大明，忠实文化邦。参办出版基金会，探索文化新方向。搞研究，做新闻；翻史料，著文章；办实业，精摄像。集写《长河秋歌七君子》，颂七君子之伟大；撰著《湮没的帝都》，歌中都历史之辉煌。章节考究，文理通畅。气贯长虹撼天地，《湮没的帝都》四海扬。

吾友大明，根扎沪上。人谦义重，标致漂亮。学富五车，心胸宽广。著作等身，令我敬仰。当代徐霞客，历史追梦郎。

庚子末草于上海闵行

赋神州诗集

朔风吹，碎雪扬。神州捧叠厚诗章，一是让我开眼界，二是让我提褒奖，三要出本短诗集，四盼诗文谱凤阳。

夫！神州原名左宗航，号称大侠走四方。生于花园湖畔，长在农家书香。

自幼酷爱文学，偏于诗赋文章。大专毕业当警察，服务人民为家乡。

而后追潮下深海，立志天涯寻业芳。广东打拼十余载，吃苦专营干勤行。先经理，后课长。做实业，不虚狂。再次历练曲折人生，终成餐饮企业之王。富贵不忘根本，长写思乡文章。

水长流固其源泉，业绩显重崇乡党。人在天涯思桑梓，常捐闲钱援故乡。

我与汝在朋友聚会中谋面，场面中谈吐谦和出口成章。东莞昆山扎根发展，烟台郑州皆有商行。抓商机关注市场风云，打拼数载很少返乡。商海缝隙不忘创作，经常发表散文诗章。数次追问《凤阳文学》，总想助《凤阳文学》发点光。几次赞助经费办刊，屡屡撰文讴歌故乡。每次交谈感谊深，识荆恨晚诉衷肠。

甲午初冬朔风送凉，神州捧诗进书房。让我观赏作文序，深感诚恐与诚惶。

因吾不擅写诗作词，使之腹存疑虑非常。基于神州诚意动人，决定作赋评论诗章。

若夫，捧着诗稿诵读其章，字里行间文采飞扬。启发颇深兮暗赞神州，掩卷深思兮感触非常。重新认友兮可敬可亲，提笔拟序兮神情奔放。凡人间大志者，殷富根本不忘。为报答桑梓父老，神州挥毫凝诗章。有抒情，有唱响；有描景，多原创。面对祖国名山大川，举笔纵情开怀吟唱。大篇幅，短诗章。写山书水颂盛世，抒情掘史歌凤阳。文简意深诗意浓，别开生面颂故乡。神州诗集多出彩，构思精妙意味长。没有大漠悲歌，也无塞北风霜；没有边关冷月，更无秦淮鸳鸯。都是深厚的情感，兼有历史的沧桑，家乡的变化，群情的激昂。密密的故乡情，满满的正能量。

亦夫，纯洁高雅是诗歌，抒发情感最敞亮。载体快捷，倾诉心房；寄托情思，笔端纵旷。感悟生活，体验芳香。神州工作闲暇之余，写诗作赋其行可彰。他有写诗的天赋，并有诗人的豪爽。具有浪漫的情怀，兼备文人的雅量。其精神难能可贵，其品质突显优良。青春诚可贵，友谊远流长。研诗增情感，作序有余香。使命完成，心情特爽。是评是序，不愿思量。释怀有佳，如愿以偿。不惧方家取笑，哪管高人贬扬。只待神州认可，次望读者欣赏。且当拙序寄书前，敬请方家说短长。

甲午年初冬于中都鼓楼

赋 《醉爱》

冬至西临，来了贵宾。高校院长，鲍姓步云。携侣而入，举止谦逊。清瘦而标致，儒雅而温情。伉俪随其后，出言暖人心。

与吾初次见面，深感相识恨晚。沏罢香茶，老师开言："久闻其名，未得一见，今日荣幸，拜识尊颜。旨为拙作《醉爱》写个序。老师万莫推却婉言。"

接过书稿，便知自己才疏学浅。诚惶诚恐，深感踢腿于教师前。既然被人推崇，不该说三道四。虽然备接此任，心中忐忑不安。为领使命，刻不容缓。接书稿翻几翻，才觉书稿珍贵，内容真不一般。不由心里打寒战，谨慎始作序言。

《醉爱》诗稿，三百多篇。作者是鲍院长爱人，教授名讳石洪研。由散文与诗歌组成，文章短小而精练。顾名思义，醉酒只因量窄，"醉爱"源于情牵。情为该书主题，爱乃作品容颜。引人入胜诗为轴，文章长短皆美篇。

诗歌为纯洁高雅之文学，最易抒发人生快捷情感。应用诗歌，寄托情思，祖露胸怀，记述姻缘。感悟人生，倾诉醉爱，是最好的一种表达方式。石洪研教授的诗歌里，没有大漠悲歌，塞北风霜，边关冷月，海南热浪；也没有刀枪剑影，雷鸣闪电，夺地吞疆，无硝烟弥漫，亦无天庭怒悲。有淡写亲情友情于脑际，有重描痴情醉爱于心扉。满纸是情却不俗，通篇是爱而不累。

情为何物，她既不是固体，也不是液浆。可看不见她的形影，瞧不清她的模样。她无所不在，乾坤浩荡。她像绳魔，她似锁簧，不折不扣地相互缠绕，牵系世间之人而不放。万物有情，留不住珍贵的岁月光阴；人间冷暖，忘不了醉爱真情于胸腔。

情有高下，爱分几等。高尚之情，雅趣横生。殿堂高洁，德美传承；低下之爱，潮湿阴冷，没有规则，五花八门，洋相百出，误国损人。

石洪研创作的《醉爱》情感丰富，爱恋真诚。选材得体，主题永恒。脍炙人口，可谓优秀诗文。洪研教授淘沙拣金，深入浅出语句惊人。意在文外，情揉文中。彰显五彩斑斓之艺术精华，写出爱恨情仇之百味人生。

书中《情意无情》一文写得耐人寻味，寥寥数百字，揭示爱之真诚。借喻古人李师师，偷情燕青显其能，用爱情之穿透力，做出惊天动地大事情。赞誉古人纯真的爱情，并用"青丝线"比喻情丝不断，延伸永恒。歌颂爱之真诚，讲述爱的高能。

再看《欲海糜情》专写婚外情。形象喻为故障之汽车"动力十足刹车不灵"。又像吸毒扭曲之人，一个电话，一个短信，思绪紊乱，失去制衡。听到酥骨的声音，膨胀的是荷尔蒙，先是给家人说谎：要值班，赶材料，要开会，有人请。玩残了自己，又害了家庭。婚外情的嘴脸千奇百怪，列抛人甩人害人之下场，千奇百怪笑柄千综。

《醉爱》诗文流金似火，情感交融，充满了爱的阳光，媚的技能。读后发现，作者情感无惊涛骇浪，否则《欲海糜情》写得那么轻平，她的人生闪烁着喜悦。不然哪能写出那么高亢的爱情，笔锋也不会那么流畅，文章也不会一路笑声。

石教授的《醉爱》书中，闪光之作比比皆是，经典之句读之惊人。点者语不能赘，评述言不能平。点到为注，画龙点睛。文在彩，意在深；诗在精练，爱在真诚。不可面面俱到，只需点石成金。

有情人爱有情人，断肠人辞断肠人。石洪研这部充满阳光之著一定能打动人间有情人。让你爱不释手，读之准能动情。好的作品就是这样，凡用真情实感创作的作品，都有极强的生命力，最能打通读者的深情。不信你打开《醉爱》的书页，你就会被情所感，被爱所动，保你爱之切，醉之深。

我观石教授重情重爱，但写作技巧和手法力度欠深，有待于缓缓升华。

我非方家，也非评论，为了完成使命，不分青红，借机发表粗浅之辞，姑妄言之，敬请指正。

2019 年元旦于中都鼓楼

战疫情赋

鼠刚至，天地变。暴风狂骤，天昏地暗。病毒横行，肆无忌惮。大地冰霜厚结，冷雨飘摇瑞寒。瘟疫横扫万里，乾坤灾祸迷漫。世人多有不解，问苍天：何物如此凶残！快如风，身不现。使阴招，如闪电。既无色，又无味，杀人血不见。沾似中枪，触既中箭，让你见阎罗，只需亲个面。

天人合一，道法自然。人与物处和谐，相互永保平安。天条与国法同在，万物依绿水青山。世人破天规，故意坏自然。霸权无处不在，常演军火核弹。到处挑起战争，核菌绕球而转。平衡规律尽失，震怒于厚土苍天。于是乎菌魔盛，造孽源，埋下前仇待机缘。前有车，后有辙。"非典"已警世人，球主乃不借鉴。不警惕，麻不仁，仍把生命当炊烟。水满则溢古今至理，菌魔终于报复人间。

欧美疫情突发，疫菌瞬息万变。冠形病毒，圆睁怪眼。直撞横行，破帽无边。奔宇宙，钻地球，来势勇猛无畏。染空气，盖华夏，妄图蔽日遮天。形不见影，火药无烟。见人便谋，无孔不钻。不怕枪林弹雨，不惧神弓宝剑。阴霾无处不在，血雨撒满人寰。谋杀是它本能，人类无不胆寒。亲朋互不接触，老少口罩捂脸。凡路皆亮红灯，是门都需紧关。百姓不准出入走动，久坐室内不聚餐。断来往，避侵染。看电视静观疫情轨迹，手机变为最好的伙伴。发微信为前线医师呐喊可疗伤，难挡妖菌席卷宇宙搞叛乱。袭英美，击荷兰；窜香港，染武汉，天苍苍，地漫漫。人稀路断，不劳动，不上班，静卧变成大贡献。

地球上，宇宙间，疫魔与人类搞决战。不和解，不休战，疯狂进攻太野蛮。好似日本侵中国，烧杀抢掠绝人寰。

人乃万物之灵，何由鬼疫舞翩跹。刮骨神医今安在？白衣天使先出战。一声令下闪电出山，没有战绩不回还。古贤修正果，俊杰胜为天。刀枪不入奇将安在？撒豆成冰战魔顽。

噫唏！今人造奇迹，登月奔星邀蓝天，入地探深穴，海中能升山，万众一心向前进，排山倒海定胜天。新型冠状毒再恶，炎黄子孙何惧难。英雄大举出击，立阻星沫蔓延。当初十四年抗战，打败东洋倭寇。今日民安国泰，岂容疫魔害人间。医不畏牺牲自我，兵不怕对手强悍，为国为民挺身而出，坚决向疫情宣战。

国难当头，兵临武汉。党员冲锋陷阵打阻击，灭病毒白衣天使站在前。钟南山坐镇研灭病毒技，身先士卒深入战疫第一线。听党指挥，国人森严壁垒；防魔入侵，以民为天。众志成城，敢战万难。彻底歼灭新冠毒，全国无处不前线。地不分南北，人不分女男，争相出击，主动请战。站岗放哨，隔离人员。白日禁通行，公仆续值夜班。不准打牌聚友，严防疫情扩散。牺牲自我严管控，日夜坚守岗位前。正义终能战胜邪恶，此乃今古不灭之真理。扫去迷雾阴霾，便是白云蓝天。

风雷响，齐动员。阻击战，歼灭战，战无不克；局部战，总体战，人民威力无边。浓霜哪敢烈火，大地怎缺春颜。钟馗举剑斩菌瘟，曙光就在前面。

2020 年 2 月 12 日晨草于凤阳中都鼓楼

纪念《安徽文学》创刊七十周年

《安徽文学》七十芳龄，停过刊，抛过荒。经过坎坷，受过表彰。辛酸苦辣已尝遍，妙文通达传四方。今逢盛世，起热发光。美誉腾海外，一步一辉煌。

五十年代初，东方升起太阳，知识诚可贵，《安徽文学》便问世开章。虽在三十年前的历史长河里，我未目睹它的芳容。但在八十年代初，全省第一届小说创作学习班的讲台上，贾梦雷老师说过它起步的艰难历程和光辉的一章。

那时的《安徽文学》，不修边幅，叶粗花香。文学青年如蜂蝶，时刻绕其身旁，能上一字半句，也是一生的向往。当时的文学爱好者，对《安徽文学》崇之又崇，敬如天皇。它像一座迷人的灯塔，专叩文学青年心灵的橱窗。

七十年代纸媒芬芳，《安徽文学》闪亮登场，紧随四大名刊之后，高度青云直上。它像一个摇篮，又像一艘母航。它是文学青年的启明星，是孕育作家的温床。谁不想抢占先机，上篇自己的文章。

记得我还在初小的班上，对文学早已向往，只是无缘和文学结伴，更无杂志供我欣赏。在校园里偶见一小伙，满脸彩云欣喜若狂。举一本新版《安徽文学》，逢人便告："上面登载了我的文章!"很怕别人不知，持本四处张扬。自费购买《安徽文学》寄至天涯海角和他有亲朋的地方。

在那文学倍受推崇之年代，无法理解刊篇美文的盛况。能在此刊上部长篇连载或中篇小说，身价百倍荣耀之极，立马改变原来的模样。单位推，社会崇；姑娘追，走路昂。更有甚者，无法想象上篇稿子便被单位提拔重用，官运亨通青云直上，亲朋皆美，荣光无上。一作者《安徽文学》上篇小说，被改编成电影剧本，上级立提他为某县的挂职副县长。爽！爽！爽！于是人间便有：

"有儿当写好文章，《安徽文学》闯一闯。

耀祖扬宗走捷径，上刊挂职当县长。"

哀哉，老九发言，文学变样，打倒封资修，刊登批判文章，该刊也变成了批判的阵地，被迫停载文学之芳。虽然苟延存在，却无往日之模样。

倒了"四人帮"，人民心欢畅，文学春复回，百花又齐放。《安徽文学》打破常规，随着洪流冲破铁框。开辟新天地，不做古文章。版式新颖，增大容量。老树开新花，新星闪亮光。经济搭台，文学主唱。于是乎文人荟萃，狂文四张。伤痕文学占据了半壁江山，安徽文坛空前盛况。《安徽文学》喷发出历史特有的奇效，冲出安徽击风搏浪。锦文每刊皆是，为皖国文坛标航。

春风吹拂，改革开放，经济建设主攻方向。《安徽文学》不能造血，登文付费尽吃皇粮。必须改革，不然必亡。刊号承包，编辑从商。人往钱看，下海闯荡。文学内容清淡如水，通刊登载口号文章。商企占据主导，广告重要篇章。有钱就是能力，经济至高无上，不管白猫黑猫，硕果越累越香。文为企业服务，刊为商家捧场。服务人民不再提起，只有钱乃一花独放。

习总书记文风复昌，重指文学创作之路，倡导延安文艺新风尚。扎根泥土挖掘传统文化，歌颂祖国热爱家乡。百家争鸣撰写时代锦文，文体各异再度百花齐放。

今日的《安徽文学》版式新颖，文风高尚。不登糟粕劣稿，不穿时尚彩装，货真价实，一篇一芳。虽受网络冲击，但《安徽文学》仍是全省义学期刊之标航。订单年年增，活动胜往常。篇篇小说迷人醉，散文读之出画廊。诗歌吟之润心肺，方阵打出亮八方。

原来文学爱好者，只知贵刊太崇高，不和该刊编辑沟通，不敢硬投轻上。仰视攀登之存疑，时掩神圣之迷障。这几年该刊编辑下基层，入山乡，培育新苗，传授良方。对面点评文稿，授课语重心长。喜鼓励，重文章。立足基层辑好稿，扎根泥土吐芳香。不忘传统文化，大众放在心上。发扬儒家学术，把握政治方向。歌颂人民公仆，大树党的形象。心怀大局，文采四彰，出语惊天动地，内容扣人心房。小说、散文齐头并进，其他稿件随刊跟上。写身边最热切的东西，创作脍炙人口的精神食粮。

基层作者聆听编辑的点校，好像久旱遇甘露，好似酵母见高粱，又如石膏点豆腐，又像久雨见朝阳；真可谓拨开迷雾，心里亮堂。弄清创作思路，找准奋斗方向。

尤其是我家乡凤阳，有深厚的文化底蕴，文学创作较为荒凉。前三十年无人敢攀《安徽文学》，后二十年也没见有人在贵刊上登过文章。这二十年，贵刊编辑来辅导，培训作者，启献良方。传技艺，站课堂。授干货，不掺糠。开笔会直奔主题，聚作者点评文章。凤阳作家受益匪浅，文学青年春心荡漾。沿编辑指引之路，轻装上阵提笔书章。对准各个栏目，不分青红横冲直闯。诗词歌赋全都有，小说散文照样上。

今日凤阳，不比往常。办杂志出期刊齐头并进，手拉手共进退，筑牢文学城墙。长篇一部接一部，大刊篇篇接着上。激发作者敢奋进，文学现象在凤阳。上方阵，一刊散文登十篇；上杂志，《安徽文学》是家常。劈开《凤阳文学》的荒草地，冲进省刊之外的高殿堂。天道酬勤是人间之古训，凤阳荣获安徽散文之乡。

风雨悄悄七十年，《安徽文学》叶茂花香。育出无数知名作家，培出万计文学新秧。推出名著千百篇，覆盖安徽文学大市场。上万册杂志流入世界，展示安徽文学史上无限荣光。今日的《安徽文学》，是安徽作者的希望。我们做梦都在想着它的花容月貌，已成为安徽文学创作的脊梁。我坚信《安徽文学》将会冲出中国，走出华夏，终将打入世界文学的殿堂。

2020 年 5 月 1 日草于中都鼓楼

四色旅游开新花

龙凤宝地在凤阳，
绿水青山好风光。
旅游之花分四色，
人文景观遍山乡。

说到凤阳想小岗，
小岗美名四海扬。
敢立潮头摁手印，
家国情怀一肩扛。
带头实行大包干，
翻天覆地大变样。
拔掉穷根展新貌，
家家都住新楼房。

红色之旅看小岗，
世界游客都向往。
倾听沈浩动人事，

再上改革大课堂。

小岗农民精神爽，
衣食起居大变样。
种田机械化，
办事遁规章。
待客有礼貌，
胸怀坦荡荡。
争学新文化，
脑换科技装。
深化改革搞置换，
招商引资吸八方。
当年都是荒草地，
今日厂房机器响。

友谊大道宽又长，
花卉树木立两旁。
徽派建筑高高耸，
泓浩书院真敞亮。
千亩果园万顷梨，
引资招来金凤凰。

多国论谈研小岗，
南商北贾争市场。
村官创业立大志，
扎根泥土显辉煌。

小岗学校真亮堂，
排排教学新楼房。
教风正兮学风浓，
创优当思邱校长。
园丁默默培桃李，
无私奉献育人忙。
年年中考成绩佳，
教学树立新榜样。

行政学院在小岗
培育全国乡镇长。
红色摇篮育贤才，
沈浩精神放光芒。
小岗党委除旧章，
谋划奇招制改良。
精心重描新蓝图，
决策千里胜苏杭。

凤阳景点实在多，
移步换景不重复。
表罢红色说蓝色，
千载水系表淮河。

黄河夺淮在宋朝，
淮水泛滥如牛毛。

只因没有入海口，

淮畔屡遭水来磨。

淮干工程出奇招，

淮堤不惧水位高。

泄洪大闸几十孔，

千顷漕泽等洪潮。

晏公俊塔入云霄，

霸王秀阁挑八角。

空中眺望淮畔景，

绿水载舟任逍遥。

千里大港在临濠，

万艘巨轮港中漂。

昼夜抢做商贸事，

载满货物奔港澳。

淮堤秀丽美难描，

翠柳花卉满淮坡。

闲情淮岸神智爽，

一步一景塞天国。

今日淮洪变利河，

滴水如油用处多。

凤阳县委多奇志，

引淮绕城造万福。

金色之旅说明朝，
览胜古迹何其多。
满眼镶嵌古都景，
遗迹纷纷相续出。
凤凰山南大明宫，
北面钟徽缅淮河。
昼夜盼友来弹琴，
凤凰展翅惊百鸟。
谯楼声声歌盛世，
晨钟暮鼓相对出。
皇家陵墓真巍峨，
苍松翠柏坟头落。
阵阵松涛壮陵景，
万马奔腾斩阎罗。

无字碑，赑屃驮，
皇陵碑文皇帝作。
实事求是昭后人，
巨著千秋闪光耀。

中都皇城变公园，
护城河水清波濂。
午朝门内千千树，
门外鲜花艳阳天。

城墙浮雕世罕见，
考古常有新发现。
七孔金桥城河架，
游客如蚁溯明缘。

绿色旅游话韭山，
数里岩洞有奇观。
岩崖交错乾坤大，
藏兵十万战金顽。

洞中奇景万万千，
岩壁字画出自然。
月夜星空山河壮，
登舟野渡到客船。

卧牛淡湖大无边，
碧波荡漾水连天。
日出湖面染朝霞，
月夜玉兔湖里钻。
水鸟闲游成双对，
扁舟荡橹客悠闲。
湖阔水清万泉蓄，
百万居民饮食源。

千秋宝刹古窟禅，

历代墨客留诗篇。
禅窟洞中奇岩怪，
桃花山腹一线天。

狼巷迷谷出自然，
野狼出入美名传。
千姿百态神形备，
举目观山叠层峦。
人行狼道路显瘦，
迷谷千重出入难。
鳄鱼探路呈古韵，
万页天书载前贤。

今日中都天艳阳，
到处呈现新气象。
六出凤阳是高速，
教育打了翻身仗。
美丽乡村花园型，
省级文明三连创。
四色旅游开新花，
老幼起舞打连相。
政通人和大发展，
空前盛世看凤阳！
看凤阳！
看凤阳！

辛丑年春草于凤阳小岗干部学院

《凤阳文学》新年献词

一元复始，万象更新。驱走疫鼠，听到牛铃。该来的已经来过，该去的无法阻停。面对南海风波，华夏万众一心。指责霸权主义，严止分裂行径。民意大于天，正道永安宁。日出于东方，月没于黎明。分裂将是死路一条，统一才是苍天拟定。警告顽固不化的分裂者，应该知道你们的命运。中国不畏强权，倾听民众呼声。崇尚真理正义，德配东方巨人。标立威严大国之典范，维护当今世界之和平。

祖国啊！您有过苦难，也有过呻吟。走过泥泞之路，履过薄薄春冰。经历千万次战争洗礼，造就成千上万护国英灵。姜尚等主垂钓于渭水，比干护国愿剖腹挖心，张良护国暗度陈仓，鞠躬尽瘁当数孔明。怒发冲冠凭栏处，八千里路月和云。曾记当年闻天祥，零丁洋里叹零丁。元璋举义旗推翻元朝，身经百战建立大明，大清腐败引来八国列强，推翻帝制掀起讨袁之声。孙文护国提兵北伐，主张强国推举三民。中共护国强兵，华夏带来光明。邪恶最终注定失败，善举必将带来福音。

长河悠远，岁月无痕。中国也好，世界也罢，只要是有血有肉的人，不管你走到天涯海角，感觉还是家乡清宁。家是人永恒的记忆，家是人温馨的港屯。谁不想炫耀家乡厚重的历史文化，谁不想渲染家乡今古的美名。

我的家是中都凤阳，那块土地古老而神灵。发生过无数历史事件，积淀了厚重的文化传承。出过数不清的天灾人祸，起过数次历史风云。出过开国皇帝朱元璋，建过巍峨的中都皇城。有过数次潮起潮落，摁过改革的红色手印。

俱往矣，瞧精彩剧目，需看当下之行。小岗出彩，古城标新。万花齐聚午朝门外，考古专家戴月披星。凝神聚力，挖掘大明文化；千方百计，恢复历史缩影。新城崛起，繁花似锦，交通纵横，绿树成荫。五年攻坚克难，决胜精准扶贫。打造四色旅游，开展美丽创城。淮水南下，东水西行。凤凰街如意河前所未有，淮水绕城转精美绝伦。

唏嘘蓝天白云，祖国昌盛，《凤阳文学》十年大庆。忆当初一穷二白，看未来一片光明。《凤阳文学》啊，你坎坷走来，已越过十年艰难历程。拉赞助，求亲朋，寄人篱下。找大家，要美文，未付分文。送杂志，找上门，全部赠送。披荆斩棘，办刊信心百倍，冲破险阻自费，攀登不停。虽然宣传凤阳，但无刊号而被人诉讼，杂志面临夭折，是办是停。为刊号下决心，找县委，去滁城，数下庐州，上下求人。历经千辛万苦的追索，苍天不负苦心人。省新闻出版局批复了刊号，《凤阳文学》迈进新的征程。不管心中有多少苦水，有多少严冬和寒冷，都会冲破险阻和难关，一如既往风雨兼程。最终金风送爽，叩开大门，《凤阳文学》，你取得了真经。在这歌舞升平的特殊年代，你穿彩衣，披花容，遇盛世，迎春风。发挥巨大的能量，宣传家乡的特殊效用，不遗余力地弘扬正气，勤勤恳恳地宣传新生。集撰优秀的精品文章，送给广大的读者和知音。精心办刊为大众，推出精品和新人。

白驹过隙，时贵如金。十年的风雨，十年的历程，你宣传凤阳创下的历史辉煌，培养新秀辑出大量精品美文。《凤阳文学》啊，在新的一年里，应该抓住机遇，不负使命，奋笔疾书，撰赋诗吟，宣传家乡，讴歌人民。为打造全新的凤阳，共同踏上新的征程。

辛丑年元旦于鼓楼

书　后

——我与辞赋家的文学情结

吴如洋

　　我对辞赋一窍不通，可官主席写的赋稿都是我先读到，因他的作品都是用钢笔写出来的，然后将稿子用手机摄出来让我给打成电子稿，再转发给他进行修改。上次他说要把近年来创作的精品文赋结集成册，准备出版，并且问我可有话要说，我很为难，我是一名警察，既不是大家，也非雅士，只是一名痴情的文学爱好者。既然官主席信任我，不上篇拙文等于失去一次表现的机会。说吧，自己又不懂辞赋，但我了解他。我经过长时间的思考，决定在书后写一写我与他30年的交往和他的文学情结，算是狗尾续貂吧。

　　作为一名居住在县城、工作在县城的文学爱好者，加之兼任县作协常务副主席、全省唯一的一家具有内刊号的纯文学刊物副主编，通过多年的观察、接触与交流，窃以为，金钱至上物欲横流的今天，爱好文学的人较20世纪80年代，虽然人数上有了一定的减少，年龄结构上有所变化，但并不像冲泡了多次的茶水，越来越稀薄、越来越寡淡，而是更加的纯粹、干净。他们默默地藏于机关、单位，藏于工厂、学校，或是藏于农家小院、街头闹市的茶馆、店铺中，对文学的爱好像怀揣珍珠般依然埋藏在心中，痴心不改。也有少数人并没有因为生活、工作等方面的难题而止步，甚至是直面不幸和辛酸而越挫越勇，并凭借文学的营养，写出了又好又沉的厚重作品。比如"安徽莫言"。

"安徽莫言"，有着如同莫言的身材、相貌、发型，更有着与莫言一样的执着和坚韧，他的作品语言风格都和莫言有默契的地方。我很好奇地问过他，你看过莫言的书吗？他说没有，只看过电影《红高粱》。

"安徽莫言"，这个称号不是我说的，第一个这样称谓他的，是安徽省作协副主席、《安徽文学》主编李国斌。那是一次在我县举行的大型文学笔会上，来自全省各市的作协主席、著名作家齐聚凤阳共叙旧情，畅谈文学，好不热闹。笔会结束当晚，难免要"尬酒"一番。平时只是小酌的国斌兄，那晚很放得开，跟大家连放了几个"雷子"。待到酒酣耳热之时，醉眼蒙眬之际，他直勾勾地望着官主席："我怎么看你越来越像莫言。"一句话提醒了大家，一齐将目光聚焦到官主席的脸上。有几个与莫言有过接触或是听莫言上过课的七嘴八舌议论着："无论是长相、身材，还有气质、举止，都与莫言无二。"还有一次，在官主席的作品研讨会上，安徽大学著名评论家、博导赵凯也称他为安徽的莫言。自此，"安徽莫言"传遍了江淮大地，并有燎原之势，随着相互间的文学交流，逐步扩大到河南、山东、河北、上海，就连东北那旮旯也有所闻。

说起我与"安徽莫言"的初次接触，是未见其人先闻其声。时间是2006年春节前夕，我刚从乡下的派出所调回县城。因县文联副秘书长的千金喜结良缘，作为副秘书长的挚友，"安徽莫言"代副秘书长打电话给我，邀请我参加婚礼。我因经常在报刊上拜读他的文章，对他很是敬佩，便在电话里与他多聊了几句。不日，副秘书长女儿的婚礼上，第一次见到了他，并与他同桌。

彼时的他，头顶上还没有如现在这般荒废，大脸盘子也还没有挂着太多的赘肉，身材还没魁梧到肚大腰圆，距离莫言还有一段距离。毕竟初次见面，我俩虽抵邻而坐，也只是有一搭没一搭、不咸不淡地闲聊，我对他的印象不算太好也不算太坏，只觉得他像一位质朴的中年老农，刚放下锄头、在水田边洗了脚，就急匆匆地来参加这种正式场合，衣着朴素甚至邋遢，满身有着总也洗不去的泥土味。

对他的好感，更多的是来自他的口音，他的口音被当地人戏称"西南腔"。

"西南腔"隶属于我县西部的武店、西泉、官塘等3个乡镇，与蚌埠、淮南市交界处为数很少的几个自然村。其发音与我县其他地方迥异，在这个几近普通话的县城里更显另类和格格不入。但由于我的爱人也来自那里，所以我倒觉得甚是亲切入耳。

随后的双休日，初到县城人生地不熟的我，抱着拜访文友的心态，去了中国第一谯楼西侧的一家商店，那是"安徽莫言"的家。正帮爱人卖东西的他，见到我后很是热情，倒了香茶，拆了包烟，连忙让座。我接过烟、放下茶，就被对面一整墙的书所吸引。走了过去，扫视一遍，书的数量之多、质量之高是我从未见过的。待落座交谈，我吃惊地获悉，他已出版了3本个人文集，与我崇拜的多位著名作家是好友，并对本省和我市的文学圈说得头头是道、如数家珍，更对我县的老中青作家及文学现状了如指掌、心如明镜。我俩相谈甚欢，大有相见恨晚之感。

再以后，因为彼此住得不远，加之我也是初到县城，无亲无友，去他家次数渐多，接触也就频繁了起来。并有几次，因为他不会使用电脑，便叫我帮忙，去他所在的工作单位——距离我家不远的府城镇政府，帮他处理一些公文或是将他新近写出的文章手稿打印出来。

其间，陆续有几个他的同事，还有几位酒场认识的人，旁敲侧击、含含糊糊地叫我少与他往来，说："你缠不清他。"警察的职业，决定我有着自己的判断，一般不会被别人所左右。直到后来，就连不认识他的我大哥也打电话给我："有人对我讲，这段时间你和他走得怪近乎，这家伙是个无赖，沾上就甩不掉，你少与他接触。"

"我就纳了闷了，他孬好也是个行政干部，而且是从事政法工作的综治维稳办常务副主任，副科级领导，咋会混得这么差？没有人说他一个'好'字。用土话说，混得耶熊了、砸蛋了、掉地上了。"几经思量，我决定惹不起躲得起。

接下来的一段时间，我总以各种借口远离他、避开他。就连远远地见到他，我都立马转头，往另一条路上逃窜。但是，你不找他，他来找你。这不，没过多久，他满头是血找到我办公室。

我仔细一看，哎哟！聪明的脑袋上怒放着一条长达10多厘米的开放性伤口，边沿齐整得像木匠在原木疙瘩上弹的线。干过多年外勤民警的我一眼看出，伤口是被单刀直入，一挥而就，基本上做到了稳准狠、嘎巴脆。我的心里暗想："你这家伙真不是好人，要么半夜敲了寡妇门、挖了绝户坟，或是吃月子奶、欺老实人，不然谁会下手如此之狠？"虽然心里恨不得立马撵他滚，但场面上还是要过得去。我假惺惺地将他搀扶着坐到椅子上，虚情假意地问他咋搞的。这个平时满脸弥勒般将笑挂脸上的家伙，却满怀伤感地说了好半天。

就这样了，他还依然保持着平时说话的本色，像半山腰跳跃着小鹿东一奔西一蹿，语言的逻辑很差。但恰好遇到了我这个说话也是东一榔头西一棒槌的警察，随着他的话语起舞，大概听出了个所以然。

他的意思是整个事件不但不怪他，而且自己的好心被当成驴肝肺，对方被领导当枪使了。话说案发前不久，因重新进行行政区域规划，城西乡合并到府城镇，该乡司法所也就并入了府城镇司法所。此时的"安徽莫言"既是综治维稳办常务副主任，又兼镇司法所所长。由于原本与城西乡司法所负责人的关系就不错，检查督查时常在一起。待对方过来后，"安徽莫言"主动提出叫对方担任法律服务所所长，而且毫无保留地将相关资料、台账、公章等悉数交接，有酒场时不忘带着对方去"擦皮鞋"。谁承想，这家伙是个"官迷"，眼睛盯着综治维稳办常务副主任的位置（综治维稳办常务副主任是副科职，法律服务所长不在编），加之镇领导对"安徽莫言"不快活，几经怂恿和暗示之后，这家伙叫女儿、女婿带几个小痞子冲到镇政府"安徽莫言"的办公室对其进行殴打。其中一人掏出一把锋利的剃头刀，朝着"安徽莫言"的头部"咔"的就是一刀。

作为一名老警，经历了太多的报假案、无理也能讲出三分的案件当事人，我虽然陪同他去到辖区派出所报了案，做了笔录，但对他所说的话，对他连称自己纯粹是一名无辜的受害者，还是保留三分怀疑和否定。在"安徽莫言"住院期间，对方不闻不问，仿佛什么事情都没发生。镇领导也未去看望慰问，派出所不知何因也未对涉案嫌疑人采取强制措施。后来镇书记以"既是综办主任，小痞找上政府办公楼，他就不称职"为由，发展成斥令辖区派出所对他进行调查。

多日后，县委书记获悉情况十分震怒，称："一名镇干部在自己的办公室被地痞流氓殴打，这还有王法吗？一定要严惩不贷。"派出所这才抓捕犯罪嫌疑人，4名犯罪嫌疑人仅抓获2名便以种种借口停止了抓捕。县委书记特恼火，随即停了镇党委书记的职务。很快，"安徽莫言"的伤势鉴定为轻伤，持刀行凶者被顺利抓捕归案。历经刑拘、起诉、批捕，法院判决持刀者有期徒刑一年。那个法律服务所主任——案件的指挥者一看势头不对，连忙托各种关系出面，赔礼道歉，作揖认错，主动赔偿了医药费；镇领导多次前往医院看望慰问，"关心关爱"。几经劝说，"安徽莫言"最终违心地在调解意见书上签了自己的名字。一桩刑事大案，连4名同伙作案的犯罪嫌疑人都没找齐，就这样草草地落下帷幕。

直到这时，我才真正相信他是无辜的，是受害者。仔细回想他在整个事件处置过程中的懦弱与无助，尤其是在那特定的时期，作为一名安徽省优秀人民调解员，荣立过二等功的镇干部、一位执法者、一名忘我工作的佼佼者，竟然在自己的办公室被殴打，还要无奈地在调解书上签字。他哪是无赖？简直是一个"窝囊废"，一个低到尘埃里的弱者，这件事与他在我心目中的形象落差太大。

再后来，从多方面了解以及阅读他的文学作品，我对他的认知一点点地发生转变。我知道了他也是苦命人。特别是在1991年，因为突发洪水，家中受灾，一贫如洗的他，挑着一副担子，一头盛放着嗷嗷待哺的孩子，一头放着全部的家当，来到县城"混穷"。在一无人脉二无钱财的情况下，他硬是一边为稻粱谋，一边手捧书本、刻苦夜读，通过了招干考试，成为府城镇司法助理员，后任所长。几年间，他勤钻业务、虚心求教，更是起早贪黑一心扑在工作上。付出总有回报，其所在的镇司法工作一步步从全县连年排名靠后一跃成为先进典型。他本人也因业绩突出荣立全省司法工作二等功，并一步步从一名普通的司法干部荣升为司法所长，再到镇综治维稳办专职副主任。勤劳贤惠的爱人从一台缝纫机开始，租借房屋创办了缝纫培训班，并从无到有开起了一家商店，日子越过越红火，越来越有奔头。但一个乡下人要想在城里立足、站稳脚跟，并不是想象般的容易，尤其是在人际关系错综复杂的县城，欺生在所难免，受骗不足为怪。加之不谙官场之道，说着一口土话，性格耿直不拐弯，被同事打小报告、领导无故"给小鞋穿"的事情时有发生。比如，盖房子时，旁边邻居以种种理由加以阻挠；作为干部且担任镇纪委常委副科职的镇综治维稳专职副主任兼司法所长的他，却总是无法水到渠成地过渡为公务员；要想到办公室盖个章，也会被小小办事员刁难一番——谁叫他与领导不对活。但是从小就不羁的他，岂能受此欺凌，就像旷野里少有天敌的刺猬，一旦受到伤害，便会愤怒地张开浑身的每一根刺，狠狠地扎向伤害、侮辱他的人。久而久之，那些揉着红肿双眼、指尖鲜血淋漓的同事、邻居、朋友一步步远离他，诋毁他。

他，就像打不死的小强，冒着闲言碎语、冷言冷语，还有枪林弹雨，一路向前，冲锋陷阵。遍体鳞伤之后，终于在县城立稳了脚跟，打出一片天地，但他的名声却也毁誉参半。好人说他是个为了恩人连命都舍得给的人，坏人说他真不是个东西，十足的地痞无赖。

知之者敬他是条汉子，不知者畏之如虎、如狼、如蛇，但这世上，愿知者、肯知者有几人？畏之如虎狼蛇者多之不可数，敬之为汉子的少之又少。

就像国斌兄所说的："他是为数很少的敢于撕下自己最不值钱的面子和里子的人，所以干任何事情都能战无不胜、无往不前、无往不胜。"

国斌兄这句话应该是我听到的对他最高的褒奖，最精准的评价，尤其是在筹措凤阳县作家协会和创办《凤阳文学》刊物这两件事情上，最能体现他这一特点，也正因如此，才让我刮目相看。

筹措凤阳县作家协会的时候，正值我有意躲避他的时间段。其间，我已经有好长时间没再去找他，他好像也感觉到了我的冷漠，没再叫我给他打印稿件或是处理公文，直到我俩的一位好友岳父去世，我和他都主动前往帮忙。傍晚时分，眼见没有着急的事情，我俩便到旁边闲谈，不知不觉中话题回归到文学，他突然说："我有个想法，想听一听你的意见。"我好奇地看着他，说："什么想法？"

"我想成立凤阳县作家协会。"我说好事呀！他随即说出了诸多理由，其中有些理由早在我第一次去他家时就听他零零碎碎地谈及过。不过这一次，因为有了前面的铺垫和当时的氛围，我听起来更加的激动。毕竟这个具有600年历史的明文化发祥地，28年县文联形同虚设，连个作协都没有实在说不过去。同时我心里也有自己的小九九，那就是才来县城，人生地不熟，借机多交几个文友，双休日多一些去处，于是我连忙说自己举双手赞成。

说干就干，他当即打电话给彼时的滁州市作协副主席、《醉翁亭文学》主编李国斌。国斌兄表示赞成，并无条件支持。有了李国斌的支持，我俩更是热血沸腾，找到也在丧事上帮忙的德艺双馨的老作家吴德椿，三人坐在一起，几经谋划敲定了组建的相关细节，第二天我便赶出来了作协的章程递给他。

但谁会想到，就是这么一件利民利己的好事，一旦运作起来，却遇到了重重阻碍和出人意料的磨难。可谓每一个单位就是一道鬼门关，每一个人都是一处卡，过关不易过卡更难。

我县的文联28年是个空架子，从未牵头开展过各类文艺活动。可你来办实事空架子底下就冒出一帮卡关的人。几经打听，"安徽莫言"获悉，作协可以挂靠某个单位，只要该单位领导同意盖个章后市作协就认可。恰好该局的局长作为下派干部，在"安徽莫言"所在的镇里担任党委副书记，他便兴冲冲地拿着《关于成立凤阳县作家协会的请示》递给这位局长，没承想局长微微一笑："全县70多万群众，哪一个都可以组建作协，担任主席，就你不行，正事不干，纯干斜撇子事情。"说完将请示还给了他，并挥了挥手，以示送客。

听"安徽莫言"在电话里骂骂咧咧地将前后经过这么一说，我吓得赶忙打了退堂鼓，偷偷缩了脖子，一段时间里连电话也不敢打给他，他家更是没再去过。但他有着百炼成钢的韧性和不达目的誓不罢休的决心，仿佛街头小混混追求村花、校花般，将曲折迂回、狂轰滥炸、装憨卖愣、死猪不怕开水烫等看家本领发挥到了极致并充分彰显。

不久之后，"安徽莫言"给市作协一位领导打去电话，听了"安徽莫言"的一番诉说，对方很是愤愤，说你把请示直接拿到市作协，我来盖这个章。第二天一大早，"安徽莫言"就打了个的，到了市作协。领导客气地请他坐下，沏茶倒水，嘘寒问暖一番之后，将桌子上的一摞"情况反映"向他扬了扬，说："不怪你们县里的信访案件占到全市的三分之一，这不，就这件小事，你还没来，已有这么多举报信转交过来了。""安徽莫言"脑子嗡的一声，连连解释。领导深表同情，一阵沉默后说："我很想立即把这个章盖了，但章盖了等于白盖，你们县里的事情还是要在县里解决。作为市作协，是县作协的娘家，一定会做你们坚强的后盾和靠山。"

对于常人、对于一般人，这件事情就会挥一挥衣袖，从此不再想它、不再问它，但"安徽莫言"不是常人，是"二般人"，他不知听从何方高人指点，想到了挂靠县工商联。县工商联的上级部门是县统战部，一天清晨，他走进了县统战部，找到了部长。部长系记者出身，干过县委宣传部部长，听说"安徽莫言"想要成立县作协，立即表示无条件支持。

春节前夕，就在我准备撰写新春贺词的时候，突然接到了"安徽莫言"打来的电话。望着对方的来电，我都不好意思接听，毕竟在关键时刻我掉了链子，选择了逃避。连响了几声后，我还是硬着头皮按下接听键。对方的话语中止不住爽朗的笑声，说："那些人不允许我们叫县作家协会，那么我们就叫作家联谊会；局长不给盖章，市作协也为难，我就挂靠县工商联，他们没有办法了吧，最后只好同意。"我激动地连连点头："同意就好，同意就好。"

县作协联谊会终于赶在年二十八举行成立仪式，国斌兄推脱了诸多缠身的急事，作为市作协领导如约而至，成了最大的支持，我们以最响亮的鞭炮热烈欢迎。

这么多年来，国斌兄一直给予"安徽莫言"、县作协以最大的精神支持和无尽的动力。无论是县作协联谊会最终正名为县作家协会，还是创建《凤阳文学》刊物，以至成为全省唯一一家具有内刊号的纯文学季刊，他都是幕后英雄和我们的坚强后盾。他还一次次带领省作协和全省文学刊物的主编、编辑到我县举行文学讲座。在他担任《安徽文学》主编后，多次刊发了我县作家的作品，并以文学方阵的形式一次性推出我县 10 位文学爱好者的作品，给大家增添了极大的信心和勇气。

以莫言为榜样，多年来，文学成为"安徽莫言"始终不渝的追求，甚至有些偏激和执拗。受了委屈，以文倾诉；被人误解，不解释，把真相写在作品中；就连眼中流着泪，也要以泪当墨，写、写、写。

比起他来，如我一般的县城文学爱好者都应该很惭愧。他的忙碌比我们更甚，他的应酬比我们更多，他的琐事比我们更杂，但他却能心无旁骛，几十年如一日地坚持、坚持、再坚持。正如定远作家王芳说的："他太勤奋了，勤奋到几乎让人羡慕嫉妒恨了。还没从一部著作中走出，他的新书又出版了。"来安作家野马说："我们县能出个安徽莫言，福就来了。"

这些年来，"安徽莫言"相继出版了多本文学著作，有传奇故事集《千古传奇·说凤阳》（上下册）、散文集《凤阳古树传奇》（上下册）、戏剧《中都戏剧小品》、民间故事集《清官宫兆麟的故事》、杂文集《齐天大圣上访》、随笔集《帝乡民俗风情》、人物传记《清风明月》。其中《千古传奇·说凤阳》自 2009 年 10 月由作家出版社出版后，广受读者好评。同年 12 月，该书第二部的出版引起了安徽文学界的高度重视。为此，安徽省文学艺术院精心筹备，于 2013 年 6 月邀请了众多省内外著名专家学者对该作品精心专题研讨，其学者之众、规模之高、影响之大，为历年之罕见。著名作家、滁州市作协主席贾鸿彬盛赞他："既深入生活、扎根人民，又勤于思考、勤于探索，是滁州乃至安徽文学界的骄傲。"

作为其好友，我认为由其撰写新近出版的长篇小说《天河湖畔草青青》更是厉害。在数十篇送审的长篇小说中，他的作品力斩多位著名作家（包括省作协领导）而脱颖而出，作为出版社当年的重头戏强力推出。这个被戏称为"一个男人和四个女人故事"的小说一经出版，就在安徽文坛引起极大轰动。现又被北京两家网站连载。

说到《天河湖畔草青青》，他是真的不容易。文章历经半年，五易其稿，他每天像是怀揣宝贝似的，厚厚的书稿不离身，以随时修改完善。洗澡时，就在澡堂里奋笔疾书；酒后半夜渴醒，揉揉眼爬起来继续改；哪怕正在开会，也会想到就改。有一次，骑着自行车去扶贫的他，到了半路，突然想到一个情节，立马下车，蹲在路边掏出书稿，旁若无人地修改了起来。

作为"安徽莫言"的专职打字员，他的每一篇文章，每一部手稿都是通过我变成 Word 文本，再通过微信发送给他，打印出来，再一次次修改完善。好多次，他说："我的字也就你能认识，其他人都不管用。"哈哈，我心里想，除了我，恐怕也没有人帮你打。有几次，我因手头有急事要办，便叫我手下的"兵"帮着打印。结果半天没打出几页纸来，而且错误百出，语不成句。看一看他写的字，个顶个的鬼画符，乱如劈柴般歪三倒四、歪扭斜跨。除了我这个修行了 20 多年的老秘书，能连估带猜个八九不离十，其他人还真难认出来。

《天河湖畔草青青》更是每一稿、每一句话、每一个字都来自我的电脑、我的键盘，5 次手稿堆起来有半人高。在修改期间，我真是怕了他了，简直得了恐惧症，只要一听到他的电话就脑子发炸。有几次，看到来电又是他，就是不接。待一会又觉得过意不去，还是咬牙跺脚打了过去。

待五稿修改完成，出版社最终定稿时，他把我叫到家里，递给我一大袋水果，叫我拿回去给小孩吃。见他的脸色很不好，不时用手捂着肚子，还揉揉脑门子，一副难受的表情，我便关切地询问，他说："这几天头晕得厉害，可能糖尿病又犯了，天天带药也不管用，加上前几天又被领导批评，我差点一头栽倒。昨晚到现在都没吃饭。"我一听，心里有些不得味。为了这部小说，他真是付出太多了。他刚一动笔，就把嫂子送上火车，"撵"去上海，给儿子带小孩，独留自己一人在家，满脑子都是在与小说里的恶人过招、较劲，与好友一起为了生活打拼、奋斗，与心爱的人纠结着爱与恨、情与愁。半年的时间，他每天仅以面条、花生、卤菜，或是方便面凑合，写到激情处，一天也许吃不上两顿。加之工作上的事情多如牛毛，综治维稳、秸秆焚烧、扶贫攻坚、驻村蹲点、检查督查、巡逻打更耗费了他很大的精力。

由于工作与写作难两全，为此，他多次被领导直接或间接点名或不点名批评。这不，就在我去他家的头天下午，领导又说他扶贫工作不力在全镇大会上含沙射影进行批评。长时间的压抑终于如火山般爆发，他猛地站起身，嘴里不干不净地骂了起来，然后拿着包，撇下会场几百位大眼瞪小眼的镇村干部转身离去。

我说："你真是茅屎缸里的石头，又臭又硬，这要是气出个三长两短，直挺挺地躺在家里也没人知道。"随后，我赶紧陪他去县人民医院，找到我那当护士长的爱人，找医生检查一番。这一检查，天呐，糖尿病、高血压、前列腺、肾功能障碍，浑身是病。"住院，立即住院。"医生不由分说，给他开药、下处方，叫护士安排床铺赶紧住下，打针吊水，精心治疗。

眼见他书越出越多，名声也越来越大，作品相继发表于名刊大刊，文友们都为他感到高兴、感到自豪。有几次，我和大家开玩笑，说："他现在是安徽的莫言，将来说不定和莫言一样，也获得诺贝尔文学奖。他的所有手稿都在我这，我要好好保存，将来说不定能很赚一笔。"不过，就在我写这篇文章时，翻了翻旧纸堆和几个书架，却发现除了他的几篇零散小文外，《天河湖畔草青青》等几个大部头却一份也没找到。看来，他的钱不该我挣。

多年的相处，让我从起先的躲闪，到与他相知相识，直至与他成为死心塌地的好友、忠贞不贰的"死党"。如今，谁再说他不是东西，我跟谁急；谁再说他无赖，我绝不愿意；更有谁说他的情商不高，呵呵，我更是一万个不答应。他的情商，不是一般的高，是实在的高、高老庄的高，不然能让4个女人为他死心塌地（这不是我说的，是他长篇小说《天河湖畔草青青》小说里的情节）？能让我这么多年来一次次"上当"，而且乐此不疲、心甘情愿地为他打印手稿、改稿、复印稿件？看透不说透，才是好朋友。他的那点小心思，我早就看透了，只是不说而已。这不，如果他打来电话，慢条斯理地说："这次去参加笔会，带回来了点好茶叶，有时间过来拿。"就证明他在写一个大部头作品，刚起了头，或是才写上十几页、几十页，想叫我先把写好的拿过来打印；也有可能是昨晚写了一篇小文，但不急于发出去，早一点晚一点打印无所谓。但若接到电话说："我这有别人送的一些水果，你今天中午或是晚上就来拿，不然就坏掉了。"呵呵，肯定是急活，不是编辑催稿，就是征文快要到期，或出版社以违反合同相要挟，他是真的急眼了。

他作为作协主席、刊物主编，不仅需要自己会写、能写，写出好文章、好作品，更需要有极强的社会活动能力，也就是能搞到出刊的钱，办活动的经费，发放作品的稿费，还要能请来刊物主编、编辑讲课，让《凤阳文学》能约到名家、大家的稿件撑起门面，外出采风能有人接待、安排，举行会议能有上级作协、文联的领导到会捧场。

一个县级作协、一本纯文学季刊，要想生存、想发展，在没有财政资金保障的前提下，其中的酸甜苦辣只有当家人才能体会得到。《凤阳文学》出版的前几年，"安徽莫言"充分利用自身的人脉和社会资源，四处"乞讨"，艰难度日，挨过一个又一个眼看就过不去的坎，跨过一条又一条深不可测的沟，填埋别人挖的一个又一个坑。其间，因办刊缺经费，他想叫一个所谓的老板给作协攒几千块钱，便没多考虑，做了小额贷款的担保，结果"老板"因涉嫌非法集资锒铛入狱，他作为担保人受到牵连。从此后，十几年的工资算是不要拿了。吃一堑、长一智，这几年，他改变了自己的主攻方向，以一年出版一本、两本书的速度前行。书一旦出版发行，他就会自己出面或是安排有能力的会员挨着"摊派"给相关单位，收上来的钱就作为刊物出版、笔会采风、文学讲座的经费。

从 2019 年开始，县里对文学创作大张旗鼓地进行表彰，就在不久前，经过领导签批，准备发放 2019 年的奖金。"安徽莫言"因时年出版了长篇小说《天河湖畔草青青》、散文集《凤阳古树传奇》（上下册），加之在省市级文学刊物上发表了大量作品，获得了 4.2 万元的奖励，他要求将奖金直接拨付到《凤阳文学》账户上。工作人员表示这是奖励给他个人的，他说："我的钱就是作协的钱。办刊没有钱，自己不还是要想办法弄钱出刊吗？"作为他的好朋友和凤阳作协的发起人，我知道，这么多年来，不但他的钱是作协的钱，就连他老婆我嫂子小商店里的酒也是作协的招待酒，烟也是作协的接待烟。无数次，在他的打掩护下，我把嫂子的烟藏在怀里，酒塞在车子的后备厢里用于作协开销。每当想到这，我总觉得对不起嫂子，对不起她长期以来对我的信任，把我当亲弟弟一样看待。

别看他一天到晚总是一副举重若轻、啥事都能扛过去的样子，其实我知道他也有身心疲惫、心力交瘁的时候。有几次，他说自己太累了、受不了了，叫我把作协的担子扛下去、接过来。我知道自己有几斤几两，并无数次眼见和深深体会到其中的酸与楚。为此，我告诉他："若你不干这个主席，凤阳县作协将不复存在，《凤阳文学》也将如风一般地消失于空气中。"

我说的是肺腑之言，也是不可否认的事实。可以说，十几年来，是他一个人顶起了《凤阳文学》的一片天，接纳了一群文学人，最多时候，县作协共有108人。

如今，这本被人戏称第一期就是终期的《凤阳文学》，一直坚持了14年。每季度如期出刊，共计出版了57期。本土作家陆续从《凤阳文学》走进了名刊大刊，在全市全省有了一定的知名度。20多位作者被吸收加入市作协，8位作家成为省作协会员。刊物也从籍籍无名的本土作者为主，到全省乃至全国著名的作家纷纷赐稿。

作为一名全省乃至在全国有影响力的作家，"安徽莫言"被推荐成为省散文随笔学会副会长兼滁州市分会长、省散文家协会副主席兼滁州市散文家协会主席、滁州市作协副主席等职，别人是挂名，或是沽名钓誉，而他却是自己贴钱、贴物、贴精力，每年都要举行多次的挂牌仪式、文学笔会、采风活动，还陆续邀请了省作协领导、全国的著名作家、评论家，以及省内的《清明》《安徽文学》《诗歌报月刊》《今古传奇》《作家天地》主编、编辑，直至全国名刊的主编亲临授课，传经送宝。

近年来，他组织的具有较大影响的活动有2017年的凤阳县作家首届研修班，2018年的以"探访明中都，致敬小岗村"为主题的"大家写凤阳"采风活动第一季，首届滁州市散文家协会暨凤阳县作家研修班，2019年的庆祝《凤阳文学》创刊十周年暨"走淮河看凤阳"采风，第二届滁州市散文家协会暨凤阳县作家研修班，散文集《凤阳古树传奇》、长篇小说《天河湖畔草青青》首发式，2020年的"中都文学笔会","走进狼巷韭山探幽文学笔会",等等。

他巨大的影响力得到了社会各界的认可和点赞,县政府也从原本一分不给到如今每年拨专款支持《凤阳文学》,如今《凤阳文学》稿费能如期发放,并有了两间宽敞明亮的编辑部。

有人看中他的文学影响力和活动能力,盛情邀请他前往西北的一个省城担任一家省级文学期刊的主编,他拒绝了。有好朋友叫他前往合肥市,省散协主席高正文(已故)亲到凤阳让他出任常务副主席,并为他准备好了办公室,扛起一家学会的大旗筹建学会的刊物,他拒绝了。原市文联主席陆传新叫他到滁州市办刊,他婉言谢绝。他说自己哪儿也不去,就和凤阳县作协这群兄弟姐妹们一起,在这片厚重的土地上开心快乐地读书写作,终老一生。我想就是名噪全球的真莫言,也未必经历过他这样的曲折磨难,对文学有这种无私的胸怀和情结。

去年,为了写作,也有其他一些原因,他提前退了休。退休之后的他,无官一身轻,天经地义地应该到上海,跟老伴一起帮事业有成的儿子带小孩,享受儿孙绕膝的天伦之乐。但他是"安徽莫言","安徽莫言"就是与常人不同。在上海没待上半个月,他就抛妻别子,挥手可爱的长孙,一个人回到了县城,独居陋室,每天简衣素食、奋笔疾书、专注于写作,或是到《凤阳文学》编辑部与凤阳作协的作者、远道而来的作家们以文会友、切磋技艺。他,把自己的身与心都交给了文学,交给了文朋诗友。由于自己生活没有条理,他的身躯渐渐消瘦,我硬催他到上海去看看孙子解解闷。到上海,他细心的儿子硬逼他到医院做全身检查。他说在凤阳每年都搞干部检查为什么要花这冤枉钱。可他拗不过儿子,还是去了医院。一查胃需要做大手术,嫂子问他可带钱,他说一分也没有。住院治疗一个多月出院后,他坚决要一个人回到凤阳,因出刊的日期到了。临行时,嫂子给他整理衣物,发现他行李箱底还藏着几万元钱。嫂子生气地喊来儿子,你看你爸箱底还藏几万元钱他却说一分钱没带,"安徽莫言"惊慌地说:"这期《凤阳文学》还没付钱呢,那是办刊的钱,你别动我的。"嫂子生气地说:"《凤阳文学》比你的命重要!"在这座县城,乃至滁州市、安徽省,他,也就是"安徽莫言",

树立起了一面高高飘扬的文学旗帜。

著名作家钞金萍女士曾对"安徽莫言"有着这样的评价："多少年来，他把自己的精力放在这片热土之上，不放弃、不抛弃，初心不改，一次次为凤阳立传书写，终于把自己也写成了凤阳的名片！"

2021年凤阳县人民政府颁发文学艺术奖，一次性奖励他42000的奖金，他却一文不留地捐赠给凤阳县作家协会。"安徽莫言"，凤阳的名片，必将终老一生的文学"打工人"，他的名字叫官开理。

仅以此稿且当书后，为《帝乡辞赋集锦》放屁添风尔！敬请大家和读者见谅。不到之处请批评指正。

后　记

　　《帝乡辞赋集锦》一书即将在经济日报出版社正式出版了，根据不成文的惯例，大多作者在出版著作前期，都要来一段前言、后记，必要时还要请名望极高的大家学者写个序，就好像饭前要洗手，饭后要刷牙一样，没有这些程序真的像缺点什么，所以我只得从其习俗，补一段废话，且当不受读者欢迎的所谓"后记"吧。

　　写了几篇辞赋别人说我是辞赋大家，出版十几本书有人说我是"安徽莫言"，完全是粉饰之词。我的出现只是黄蒿隐于大树前之故，既不能跟莫言相提并论，也不敢妄称大家。我只是一个习写辞赋的新兵，那些赞美之词对我只是一个鞭策和鼓励，我由衷地感谢你们。

　　当下赋在人们的心目中是一个不受欢迎的文学体裁，在这些年里，不少省级以上的杂志都不用赋文，客气一点说："本刊没有开辟这个栏目。"不客气地说："本杂志不用这样老掉牙、几乎全面淘汰文体的破文章。"有一次，某市搞诗词大赛，我对赛文的主题特感兴趣，便认真地写一篇赋投去，回应的是："大作退回，因我们看不懂赋。"多么简单的回复，却反映了目前人们对赋的情感天地。

　　几年前，我被徐子芳主席推荐到北京小汤山新闻创作基地参加首届中华辞赋培训班学习，在月余的日子里，授课的辞赋大家多达20人之多，可以说是全国辞赋领军人物。老师们教得认真，我们学得也有劲。短暂的文化苦旅，就等于让全国50多名学生，经过一次系统的辞赋培训。我们了解了辞赋母体，吸收了中华辞赋的乳汁，深层次地知悉了中华辞赋的起源、体裁的演变和典型代表作对古今历史的作用与影响，从而熟悉了辞赋创作的历史沿革、写作技巧和辞赋精髓。马凯先生说："古赋为体，今辞为用。"根据这8个字的内涵，我深悟出辞赋创作应该是：赋文恢宏精于凝练，赋之华美富于音韵；句式骈对，文白相间，长短错落，警句并存。集诗词、歌联、散文之大成也。国学传承，贵在创新，述史状物，我在其中。赋既要取重大体裁，更不能略芝麻之形隐。既要取文章精练之语言，又要博取诗词之优中灵魂和创作要领，充分利用诗词的形象特征和散文的洒脱与想象拓展的磅礴空间，择其长而避其短。悟出新意，道出真情，褒而不媚，贬而不毁，华而不涩，铺而不冗。

乱时杂文盛时赋。当下祖国富强，人民安居乐业，盛世空前，作为文者就应该挥毫颂盛世，提笔著春秋。草撰辉煌史，书彰今成就。赋应该跳出来担当歌颂新代的开路先锋，成为歌颂人民的鼓手。

赋分大赋、文赋、骈赋和短赋。赋起源于春秋，如屈原的《离骚》、宋玉的《神女赋》《九辩》等都出生在那个时代。后来赋在魏、晋、南北朝又得到了空前的发展，如陶渊明的《闲情赋》、曹植的《洛神赋》等。汉赋是汉代最流行的一种文体，涌现出不少辞赋大家，如司马相如的《凤求凰》《上林赋》等。赋的鼎盛时期当数唐朝，如杜牧、王勃等都是大辞赋家，他们的赋文从古到今，前无古人，后无来者。今天我们应该沿古人之足迹，舍掉"之乎者也"之赘，开创辞赋新风，纵情地讴歌祖国，讴歌人民，讴歌伟大的中国共产党。

这本《帝乡辞赋集锦》是我在近两年的生活中配合工作之便，出席各地采风笔会等活动，有感而发所撰写的歌颂盛世的百篇文章中精选出来的赋文，也是我出版的10多本书中的唯一一本辞赋专集。我虽然称不上大家，但我以赋的形式，饱含深情地展现祖国的大好河山、绮丽风景，讴歌人民的勤劳勇敢以及对美好生活的向往，对家乡、对故土、对朋友、对亲人的无限热爱之情。在辞赋的创作上，我也没严格地套用古辞赋的格式，从某种意义上说我创作的辞赋就是古典散文的再创新。本书共分为3个华章。第一辑有19篇赋，都是赋大美凤阳的山水形胜、果硕辉煌和名胜特产、历史勋章等，主要是歌颂家乡凤阳的人文历史和美丽的山川河流及改革开放以来出现的新人、新貌、新气象。第二辑21篇赋中，重点对所走的全国各地突出的旅游景点和名山名城以赋之，专赋人文、山水、古老的名城等。如前年应邀采风雁荡山所写的《雁荡山新赋》，赋出不久就被当地管委会刻制在雁荡山的山脚上。第三辑12篇，赋人、赋书、赋朋友。主要是以赋的手法为他人撰写的书评和赋名人传略等，情感交融，文简意深。50余篇赋文高调地说：文章深入泥土，贴切生活，语言优美，立志向上，正气十足。其中《凤阳赋》《菊花赋》等先后登载于《中华辞赋》上，还有不少的赋在全国各地征文活动中获奖。这本辞赋集通篇都是歌颂历史、弘扬盛世、描山秀水的美文。

大灾之年，俄乌战争越演越烈，国内疫情四扩，我自己也是灾难重重，大病初愈便奔至合肥，以一己之力带领所有会员挽回了安徽省散文家协会被注销的命运，并在郭博主席的大力支持下成功地组织换届，转入正轨。随之多如牛毛的各种杂事相继袭来，我确实没有精力出书集撰。这本书本不该问世，可吴庭美老先生创立的帝乡文化丛书，在这灾年里每年一本书，正好我这本书符合要求，通过林福江县长的力推，我便狗尾续貂，匆忙将过去在各报刊上登载的辞赋整理成册，让吴老及关心此项工作的领导们严加审核，通过程序的完善，决定推荐出版这本书。为了合拍，就把此书的名字定为《帝乡辞赋集锦》。在此书付梓之际，我以诚恳的心，感谢林福江先生，感谢所有对此书出版关心、支持、帮助的领导和朋友们。感谢吴如洋先生不管严寒酷暑为我打印文稿，并且在百忙中写出重量级的书后。更要特别感谢吴庭美先生创立帝乡文化这一特殊的平台，才会有《帝乡辞赋集锦》的问世。

最后，必须感谢凤阳县委县政府和负责操作的县文广新局的领导和帮忙的同志和朋友们。由于时间短暂，本人的知识水平有限，辞赋创作对我来说又是个新课题，难免会出现各式各样的缺点和错误，不足的地方请大家、读者批评指正。

宫开理

壬寅仲春草于凤阳中都鼓楼